櫻花莊的寵物女孩 9

鴨志田 一
Hajime Kamoshida
插畫●溝口ケージ
illustration●Keji Mizoguchi

CONTENTS

櫻花莊的寵物女孩 9

Kadokawa Fantastic Novels

剛開始只是模糊想像的夢想。

不做任何努力，想著要是能實現就好了。

然而，在櫻花莊的許多邂逅讓我懂了。

自己不往前進就無法接近夢想。

接著，在下定決心一定要實現時，夢想便改變了模樣。

原本只是模糊想像的不確定的存在……

轉變成明確的目標。

第一章
春末時春天來臨

櫻花莊的寵物女孩

1

五月的最後一個星期天，一早就是萬里無雲的好天氣。

隨著太陽露臉，氣溫也跟著上升，蘊含溼氣的風送來夏天的香氣，與三天前教育旅行造訪的北海道空氣完全不同。

再過幾天就六月了，夏季也即將來臨。

肌膚感受著季節的變化，來到櫻花莊玄關前的空太目送逐漸遠去的搬家業者的貨車。

貨車慢慢下了緩坡之後，在十字路口右轉。

很快看不見貨車的蹤影，就連引擎聲也聽不到之後，空太俐落地轉身，仰望木造破公寓。

聚集了水明藝術大學附屬高等學校問題學生的宿舍……櫻花莊。

空太來到這裡已經將近兩年了。在這期間，多了兩位同年級的住宿生，經歷了前三年級生畢業，春天時很快又進來了兩名新生。

然後，今天有一位同年級生將不待畢業就要啟程而去。

「這是青山決定好的事啊。」

空太自言自語著回到玄關，脫下涼鞋，踩上玄關踏墊。他沒有回自己的房間101號室，腳步走向二樓。

他毫不猶豫地走向最裡面的房間……佇立在203號室門前。

「……」

幾小時前還掛著寫有「小七海的房間」的牌子，現在已經看不到了，眼前只剩簡樸的門扉。

空太敲了敲門，原本就沒仔細關好的房門因而緩緩打開。

行李都已經運出去，房裡空蕩蕩的。

人的體溫彷彿隨著生活感消逝而去，總覺得很感傷。

內側的窗邊有個人影。

那個人影背對著空太，從窗戶眺望外頭的景色。窗外有一棵長著綠葉的櫻花樹。

「青山。」

空太出聲叫喚，青山七海便晃著馬尾轉過頭來。

「貨車已經走了喔。」

「嗯，謝謝。」

七海只是如此說完，又把視線移向窗外。

「只有短短的十個月呢。」

七海來到櫻花莊是去年七月，暑假開始的事。

「……是啊。」

為了成為聲優，離開老家、打工賺取生活費的七海就連一般宿舍的住宿費都繳不出來，因而被流放到櫻花莊。

「總覺得自己已經在這裡待很久了，很奇怪吧。」

「沒那回事。我也一樣有青山一直待在這裡的感覺。」

「這樣啊……」

「嗯。」

「不過，這些都會在今天結束。」

七海重新打起精神，帶著有點像在演戲的口吻，很有活力地轉過頭來。

沒錯，即將在今天結束了。

所以空太才會站在門口，試圖將在２０３號室裡的七海身影烙印在眼底。

「……」

「……」

七海也不發一語地看著空太。

兩人無言地對峙了一會，並沒有不自在的感覺。這對現在的空太與七海而言，應該是必要的幾秒鐘。

首先開口的人是七海。

「還有沒有什麼要對我說的話？」

「……沒有。」

空太硬生生將差點脫口而出的其他話語吞了回去。

還有許多想告訴她的事。多得不得了。

感謝七海……

打從心底慶幸與她相遇……

至今一起在櫻花莊度過的日子真的很快樂……覺得很開心……可以的話，希望這樣充實的日子能一直持續到畢業那天為止……

然而空太很清楚，這些都不是七海最想聽到的話。

跟她說了這些之後，或許空太會覺得很暢快，但對七海而言絕非如此。因此，空太將令人痛心的情感吞到喉嚨深處，收藏在內心。

「真可惜。」

七海如此喃喃。

「咦？」

空太不懂她話中的含意，發出呆滯的聲音。

「我原本在想要是你說些不乾不脆的話，就要賞你耳光。」

七海露出帶著開朗氛圍、惡作劇般的笑容。

「真可怕啊……」

「不過，真是太好了。」

恢復認真神情的七海用力吸了口氣。

「神田同學確實是很認真地做了選擇呢。」

「……嗯。」

「接下來換我需要時間了。」

七海的表情放鬆下來。

「雖然沒辦法很快就好，等我整理好對神田同學的情感之後，希望有一天能再跟櫻花莊的大家在一起。」

「……嗯。」

「神田同學只會回這句話。」

「抱歉。」

「不用道歉啦……我啊，希望跟神田同學還有真白都能恢復原來的樣子。」

七海這麼說了。

「雖然我已經搞不清楚原來是什麼樣了了。」

她帶著有些難為情的笑容繼續說道。

「因為我不希望當做沒發生過。」

露出看似寂寞卻又充滿安穩的溫柔表情。

「我會等妳。」

「……嗯。」

「我會一直等下去。」

希望能不用顧慮彼此，無需客套地相處，跟以前一樣有說有笑。不知道究竟會不會有這麼一天，也或許這一天永遠不會來到，因為無法將至今累積的情感重新啟動……教育旅行最後一天早上，空太明確地表白了，表白自己的情感……表白自己喜歡真白……

不過，空太決定堅信並繼續等待。身為櫻花莊的夥伴，他深信將來有一天一定能再與七海一起生活……正因為有累積至今的情感，所以空太才能這麼認為。

「說不定要花上好幾年喔？」

「就算這樣，我還是會等妳。」

「嗯，這樣才是神田同學。」

七海說著逞強地笑了。

她像察覺到什麼，視線朝向空太身後。

空太轉過頭去，發現真白正站在門口。

真白經過空太身邊，在七海面前停下腳步。

「七海。」

「真白。」

「……」

空太看不到真白的表情。大概是不知該用什麼樣的言語表達這一瞬間的情緒，只見她肩膀隱約顫抖著。

七海對這樣的真白說：

「跟神田同學要好好相處喔。」

「嗯。」

「好，那麼，我要走囉。得到一般宿舍接收行李才行。」

三人一起下樓，兩位一年級生已經在玄關等待。亂糟糟的捲髮上戴著大大耳機的人是音樂科的姬宮伊織；在宿舍也穿著整齊、注重服裝儀容的眼鏡女孩則是普通科的長谷栞奈。

兩人看起來都猶豫著不知該對七海說些什麼。

「伊織學弟，不要老把胸部、胸部掛在嘴邊喔。」

七海有些難為情地說了。

「不可能啦～～」

伊織撒嬌的聲音滿是依依不捨。

「長谷學妹，妳也要保重喔。」

「好的。」

七海換好鞋子後，正好在這時管理人室的門打開了。

走出來的人，正是在這櫻花莊裡負責管理問題學生的美術老師千石千尋。

「一直以來感謝您的照顧。」

七海鄭重地行禮致意。

「我才沒照顧妳什麼。」

「呵呵，說的也是。」

七海向打呵欠的千尋露出微笑。千尋看起來像是什麼也沒做，實際上卻守護著空太等人。七海正是明白這一點，所以才會展現出笑容。

「喂～～小七海～～！我送妳到一般宿舍～～！」

外面傳來的正是畢業於水高，原櫻花莊201號室住宿生……現在就讀水明藝術大學影像學系的三鷹美咲的聲音。她的舊姓是上井草，是一名在隔壁空地上蓋了自用住宅的人妻女大學生。

「啊，好的，麻煩學姊了！」

七海充滿朝氣地向外面回應。

接著再度深呼吸，重新面向在玄關排成一列的空太等人。

「那麼，我先走了！」

她爽朗有力地宣言。

往外面邁出腳步的七海頭也不回地離開了櫻花莊。

2

這天傍晚，空太在自己房裡摺收進來的衣服時，遠方傳來熟悉的聲音。

「哥哥，哥哥，哥哥，哥哥～～！」

玄關的門應聲開啟。

「打擾了！」

伴隨著這樣的聲音，粗魯的腳步聲向房間逼近。

「哥哥！」

「砰」的一聲，101號室的房門被打開了。

闖進來的人正是空太的親生妹妹優子，水高一年級生。明明已經是高中生，但五官稚嫩，個子也屬嬌小，再加上就連精神年齡都很低，所以常被誤以為是小學生。

優子激動地闖進房裡，不知是不是跑步過來，一副上氣不接下氣的樣子。

「幹嘛啊，吵死人了。」

「優、優子才不認同！」

她手直指著空太，說出奇怪的發言。

「啥？」

「我、我已經知道哥哥跟真白姊變成私通的關係了！」

「我不記得我們有變成那樣的關係，還有，妳是聽誰說的？」

「栞奈告訴我的喔！」

栞奈正好在這時走了過來。大概是聽到了優子的聲音，所以從二樓下來了吧。

「只是因為神田同學正好傳了『有沒有什麼新鮮事？』的簡訊給我，所以我就告訴她有趣的事罷了。」

看來似乎是連在走廊上都聽得到他們的對話內容。

大概是偶然聽到了聲音，接著連真白都來了。

「啊，真白姊！哥、哥哥是不會讓給妳的！」

優子緊攬著空太的手臂。

「……」

以往總是會不太高興的真白今天卻沒有特別的反應。她快步走進房裡，端坐在床的角落，翻開帶過來的素描簿，默默開始畫起分鏡稿。看來似乎是為了進行作業而過來這裡。

「嗚哇～～一臉女朋友游刃有餘的表情啦！」

「是這樣嗎？」

姑且向真白確認一下。

「沒錯。」

她的表情充滿了自信。不過，這就是明明沒搞清楚卻亂點頭的狀況。

真白將視線從素描簿上往上移。

「優子。」

「什麼事啊，真白姊。」

優子更用力地挽住空太的手臂。

真白究竟想說什麼呢？應該不會是什麼正經的事。

「我已經是空太的女人了。」

不祥的預感果然命中。

「哥哥讓她變成女人了嗎！」

「就不能說是女朋友嗎！」

就連優子都開始說起奇怪的話。

「只是說法稍微不同，為什麼關係就進展得這麼快啊！」

「空太學長，真是骯髒。」

最後，栞奈還默默地落井下石。

「我、我說啊，栞奈學妹。」

「學長不用特地辯解了。」

「我沒有在辯解，能不能別誤會我啊！」

「不必了。」

她完全不打算聽人講話。

「反、反正，優子不會認同！」

優子依然緊攬著空太的手臂，拚命瞪著真白。只是，一點也不可怕，反而一副快哭了的樣子。雖然是自己的親妹妹，不過還真是教人同情。

「優子絕對不會叫真白大嫂的！」

「理所當然的事不用講得那麼大聲。」

「啊，不過，漫畫家真白姊是大嫂的話，好像還挺酷的喔？」

無視空太說話的優子一個人心蕩神馳。

「這麼一來，優子就算是我的妹妹了。」

「才不是！連妳也在胡扯什麼！」

「不是嗎？」

真白詢問身邊的栞奈。栞奈向空太投以不知該如何回答的求救視線。

「當然不是。」

「應該說，這是在作夢吧？哥哥？」

空太連說明或回答都嫌麻煩，捏了優子的臉頰。

「好痛、好痛！啊！不是在作夢！」

「啊，對了，優子。我忘了一件重要的事。」

「咦？什麼？要對優子進行愛的告白嗎！」

她睜大的雙眼閃耀著光芒。空太假裝沒看見，抓起放在書桌上的小包裝。

「拿去，這是教育旅行的紀念品。」

「咦？哇～～！太棒了！可以打開嗎？」

優子才這麼說著，已經撕破了外包裝。

裡面是「北海道限定的白熊版咬人熊～～」手機吊飾。

「跟栞奈學妹是一樣的喔。」

「太好了呢，栞奈！我們是好姊妹囉！」

終於放開空太的優子奔向站在門口的栞奈身邊。

她雖然急忙想把吊飾掛上去，卻始終穿不過吊飾孔。

「哥哥，幫我弄！」

最後她還是不滿地鼓起雙頰，遞了過來。

「腦袋不好，手又不巧……妳到底有什麼可取的啊。」

空太一下子就漂亮地把繩子穿過吊飾孔。

「拿去。」

收下手機的優子看來心情很好，喜孜孜的樣子。

「滿足了就在天還沒黑之前快回去吧。」

「啊、嗯，說的也是。那麼，拜拜囉，哥哥～～」

優子踩著粗魯的腳步急忙走出房間。

還傳來玄關的門關上的聲音。

稍後走出房間的空太在優子還沒察覺自己被設計而折回來之前，鎖上了玄關的門。

「不對，優子又不是來拿紀念品的！啊！打不開！」

玄關門發出喀噠喀噠的聲音。

「快打開啦，哥哥！」

「要我打開可以，不過我開門的話，妳就要回去喔。」

「嗯，我答應你！」

空太開了鎖走出去。

「好了，剛剛說好的，妳回去吧。」

「登愣～～！又被騙了！」

結果，優子在這之後也還是死纏爛打，始終不肯乖乖回去。

而且還盯上空下來的２０３號室，如此揚言：

「哥哥，優子馬上就會搬過來櫻花莊喔。」

「不，不必了。」

「為什麼？」

「因為妳很煩啊。」

「不用那麼謙虛啦～」

「總之，妳現在馬上給我回去，查查字典謙虛是什麼意思。」

「為了搬到櫻花莊，優子可是有祕策喔。」

「什麼跟什麼啊？」

「是祕密！祕策的祕是祕密的祕～祕策的策是與作的作（註：策與作日文讀音相同）～」

「不，明明就不對吧。」

哼唱著謎樣歌曲的優子完全不聽空太說話，太陽下山後終於回一般宿舍去了。

優子離開之後，空太吃完晚餐並收拾完畢，悠閒地泡澡。

洗完澡後，空太窩在房裡開始調整從四月就開始製作的射擊遊戲。

然而，他卻始終沒辦法專注。一個人獨處時便發現胸口正中央的不協調感，彷彿被掏空了一個大洞似的。

「……」

空太很清楚那是重要且巨大的存在。當七海像這樣真的不在了，空太才知道她真正的分量。

那便是現在心中的空虛情緒。

不過，已經決定既然選擇了就不再猶豫。

空太用雙手拍打臉頰之後，彷彿要對抗靜不下來的心情般埋首於作業中。

改良敵方CPU的動作，製作得讓玩家無法輕易察覺敵人行動模式。藉由把亂數導入分歧條件中，果然讓敵方CPU的動作失去規則性。多虧如此，遊戲才有了剛剛好的耐玩度。

「晚點再讓赤坂看吧。」

以前曾被輕易解析出敵方CPU的動作，還被斬釘截鐵地說「根本不值得評價」。但現在空太有了一些自信。

作業告一段落，空太關掉電腦，用力伸了個懶腰。

「呼啊～～」

這時，走廊上傳來喀噠的聲響。

空太正好奇發生什麼事而轉頭一看　便看到敞開的房門外……門前走廊上有真白的身影。

也許是空太突然發出聲音嚇到了她

她不自然地將雙手藏到背後。

與空太視線一對上，她便像螃蟹一樣橫著走過房門前離開。

「……那傢伙在幹嘛？」

無法理解。

看起來顯然很詭異。

「真白？」

空太離開電腦螢幕前，來到走廊上。

然而，卻已經不見真白的身影。

大概是到廁所或哪裡去了吧。

空太狐疑地看看廁所，果然不出所料，看到了真白。

她正打開洗衣機的蓋子，往裡面窺探。

「妳在幹什麼？」

空太出聲叫喚她，她嚇得肩膀抖了一下，有些慌張地轉過來面向空太，雙手依然藏在背後。

不過，隱約可瞥見是純白的內褲。

「那是要洗的衣服嗎？」

「沒錯。」

「那就交給我吧。我等一下再洗。」

「不要。」

真白不高興地噘著嘴。

「為什麼？」

「我自己洗。」

「妳不知道怎麼用洗衣機吧？」

「我知道。」

真白仍然噘著嘴，露出不滿的樣子。

「別扯這種很容易被看穿的謊！況且，因為材質不同，有的還得用手洗喔。」

「內褲嗎？」

「是啊。」

「我的內褲也是？」

「是啊。」

空太的內褲反而都是丟洗衣機洗。

「空太用手洗嗎？」

「因為我負責照顧真白啊。」

「好震驚。」

「我才對妳說的話感到震驚啦！」

而且，真白還有些倒胃口似的看著空太。

「對於拚命照顧妳到現在的我，妳的態度會不會太過分了！」

「因為……」

「反正拿給我就是了。要是妳用洗衣機，這裡可能會泡沫灌頂。」

收拾善後必定會變成空太的工作，因此無論如何都要避免這種事發生，必須儘早回收內褲。

空太這麼想著，將手伸向真白的內褲。

「不行。」

然而，真白卻往後退，空太的手撲了個空。

「好～～理由說來聽聽吧。」

「因為……」

「到底是因為什麼啦？」

「不想被空太覺得我是奇怪的女孩子。」

「放心吧，我早就這麼覺得了。」

「好過分。」

「事到如今還在意這個做什麼？因為包含這些在內，我就是喜歡真白。」

「……」

「……」

空太不自覺說完才發現自己說了令人難為情的話。當然已經來不及了，臉頰開始發燙。

「空太。」

「幹、幹嘛啊？有意見嗎？」

他無法正眼看真白，視線逃向其他方向，看見了骯髒的換氣扇葉片。

「我沒意見。」

「那又是怎樣？」

「如果空太再說一次，我就把內褲交給空太。」

「哪說得出口啊！」

「唔。」

「我不會說喔。」

「你不喜歡我嗎？」

真白往上看著空太問道。

「妳太卑鄙了！」

「空太討厭我了。」

這次她則是沮喪地低下頭。

「啊～～知道了啦！就連這些部分也包含在內，我就是喜歡真白啦！」

「在北海道時，空太說的明明是最喜歡。」

「再這樣繼續擾亂我的心，妳覺得很有趣嗎？」

「原來已經不是最喜歡了啊。」

她看起來很落寞的樣子。

「啊～～真是的！我最喜歡妳啦！」

「太好了。」

真白微微露出笑容。那是彷彿感到安心的笑容。雖然空太被迫做了極羞恥的行為，不過如果能看到這個表情，一切都無所謂了。只不過，空太的苦難並沒有這樣就結束。

「空太學長，我覺得如果你想呼喊愛情，最好先選一下場合。」

轉過頭去，只見栞奈就站在廁所門口。從她手上拿著睡衣研判，應該是準備洗澡吧。

「栞、栞奈學妹！」

「櫻花莊是學生宿舍，也還住著年幼的學弟妹。要打得火熱請適可而止。」

「對不起。」

「如果空太學長再說一次，我就原諒你。」

「妳從哪裡開始就偷聽到了啊！」

「我想幾乎是全部吧。」

「這樣啊……」

已經完全失去學長的威嚴。算了，反正一開始就沒打算炫耀這種東西……

「那個，我想用浴室。」

「啊，嗯。我知道了。」

空太把真白的內褲丟進放待洗衣物的籃子裡。

「好了，走吧。」

接著抓住真白的手，帶著她來到走廊。

琹奈關上廁所的門，還不忘掛上「女性使用中」的牌子。幾乎在同一時間，裡面傳來上鎖的聲音。

「空太。」

「幹嘛啊？如果要聊內褲……」

「我也喜歡空太。」

空太話才講到一半，真白便打斷了。

空太瞬間整張臉漲紅。

「我、我說妳啊！不、不要突然說這種話！」

「慢慢說就可以嗎？」

「我就姑且問問做為日後的參考，慢慢說又是怎樣？」

「空太。」

真白目不轉睛地注視著空太。

「喔、喔。」

她持續凝視空太。

「……」

她依舊盯著空太。

兩人眨了幾次眼睛。

「……我喜歡你。」

「好，慢慢說也駁回。給我痛快地說出來！」

謎樣的沉默只會徒增莫名的汗水。

「我知道了。」

談話有了結論之後，空太準備回到房間，視線正好停在玄關前的管理人室門上，在101號室前停下腳步。

「那個，真白。」

「什麼事？」

「妳現在有空嗎？」

「有啊。」

「不急著趕漫畫原稿嗎？」

「不急。」

「那麼，妳過來一下。」

空太牽著真白的手站在管理人室門前，敲了敲門。

「……」

然而，沒有回應。

「千尋老師？」

「……」

還是沒有回應。看來千尋似乎不在房裡。這麼一來，應該是在飯廳吧。

空太如此想著，移動腳步。

果真在飯廳裡找到了千尋的身影。

她坐在平常餐桌的座位上，一個人灌著啤酒。

空太與真白一起走到她身旁。

「那個，千尋老師。」

「幹嘛啊，這麼正經八百的。」

「其實是有事想向您報告……」

一旦試著說出口，就突然覺得很難為情。

「懷孕了嗎？」

「怎麼可能！」

「要生下來嗎？」

耳朵很硬的千尋這麼問道。

「我都說沒有了！」

「我要生。」

遲了一拍，真白斬釘截鐵地說了。

「是這樣嗎！」

「遲早要生。」

「唔！」

空太的聲音卡在喉嚨深處。

「空太？怎麼了？」

「因、因為妳說了莫名其妙的話，害我嚇得發不出聲音啦！進展未免也太快了吧！」

「你對我只是玩玩的嗎？」

「當然是認真的啦！」

「那麼，找我有什麼事？」

千尋覺得無趣似的咕嚕咕嚕喝著啤酒。

「不，呃～～」

「我也不是吃飽撐著沒事做，你能不能講快一點？」

「怎麼看都只覺得您是在大口大口喝酒而已，莫非這是我的錯覺？」

「我就是正忙著大口大口喝酒啊。」

「這樣啊……呃～～」

「這我剛剛聽過了。」

「我們開始交往了。」

空太聲音顫抖著一口氣說完。

「搞什麼啊，你是在炫耀嗎？」

「才、才不是！只是，您看嘛，櫻花莊好歹是……那個……男女合住的宿舍，而我跟真白都住在這裡。」

「喔～～『真白』啊～～」

「啊、呃，這個是……總、總之，老師也有監督學生的責任，所以我想還是先跟您報告一聲比較好。」

「是、是，我確實聽到了。」

「妳還真是隨便耶！」

「分手的話就會搞得很麻煩，所以至少要給我維持到畢業。」

「我們才開始交往三天，請別說這種不吉利的話！」

「因為啊，就算分手了，還是只有神田能照顧真白吧？如果說是由前男友來負責照顧真白，未免也太可笑了吧？」

千尋說著已經笑了起來。不知到底是什麼事這麼有趣，她還開始大爆笑。在北海道明明受她那麼多照顧……實在是隨便得讓人難以想像是同一個人。

該報告的事已經說完，空太準備離開。

「那麼，我們先告辭了。」

他牽著真白的手正要離開飯廳，背後傳來千尋的聲音。

「我話先說在前頭。」

「什麼事？」

「櫻花莊的牆壁可是很薄的，要小心喔。」

「妳在說什麼啊！」

「當然是上床的……」

「嗚喔喔喔喔喔喔！閉嘴！」

「幹嘛那麼激動啊？交了女朋友就飄飄然了？」

「是啦！不行嗎！」

空太突然改變態度豁出去之後，千尋則哼笑了一聲。

「這樣很好啊。」

她一臉竊笑如此說完，又從冰箱拿出新的啤酒。

3

過完這週後，月曆上的日期很快來到六月。

直到上週還存在的教育旅行餘韻也消失無蹤，在空太等人三年級生的教室裡，開始瀰漫不自在的氣氛。

已經確定推薦直升的學生還無所謂，班上有一半以上都是還不確定是否通過，或是準備報考其他學校的考生。每個人都慢慢地嘗試去面對眼前的現實。班上這樣的氣氛也足夠讓空太實際感受到自己已經是在最後一學年的三年級生……也就是說，今年將是在水高度過的最後一年。

未來志向也非事不關己。

空太的第一志願是水明藝術大學媒體學系。要是能獲得直升推薦就好了。

然而，導師白山小春曾說過空太在及格邊緣，因此也不能好整以暇。

話雖如此，要說自己能做的事，也只有在七月上旬的期末考盡可能拿到好成績。畢竟影響直升推薦的是一年級至今的成績，事到如今也無法再提升了。

也許是因為了解到這一點，空太有種船到橋頭自然直的心情……自己已經下定決心，如果不行就透過一般考試報考水明藝術大學。

無論如何，現在只能一件接一件去解決能做的事。因此，空太為了準備第一學期的期末考，每天都專心聽課，認真寫筆記。

如此日復一日，空太周圍的環境，就連與考試或志願相關的氣氛都儼然成為日常生活的一部分了。

不過，其中還是有無論如何都無法輕易處理好的情緒。空太每天都會在教室見到七海的身影，因為在同一班，這也是理所當然，而且座位就在隔壁，課堂上也會意識到她的存在。

然而不可思議的，完全沒有對於像是視線對上或不經意的沉默感到不知所措的情況。

在教室裡的交談——

「早安。」

「喔，早啊。」

只有像這樣早上打招呼……

「小貓還好嗎？」

「長得很快呢。」

或是像這種有關春天撿到的三隻小貓——斑點貓瑞穗、灰黑虎斑貓小燕，還有白色小不點小櫻的話題而已……

剛開始的幾天就連這些對話也沒有，彼此只是沉默不語，所以這已經算是很大的進步了。未來經過歲月一點一滴的累積，要是哪一天能再無所顧忌地回顧在櫻花莊度過的日子就好了。現在，空太如此相信並等待著。因為已經承諾要繼續等下去了……

除此之外，每天過得都差不多……不過，空太以充實的心情度過每一天。

早上叫醒真白後，兩人一起上學，放學去接真白再一起回家，做的事跟交往前沒有任何改變。只不過光是因為心境不同，周遭的景色與季節的感受就完全不一樣，總覺得不管面對任何事都能正面積極地處理。

這一點在挑戰新的企劃甄選「Game Camp」的心境上，也產生了很大的影響。

每天放學回家後，空太便會為了參加企劃甄選而挪出時間構思。就這樣以每天一個的步調持續製作企劃大綱。也因為如此，構想筆記本的頁面順利地逐漸被填滿。

就在這樣的日常生活中，一週過去，又過了第二週。

來到六月中旬，已經看慣的教室出現了意外的變化。

教育旅行之後再度回到繭居生活的龍之介，竟然在早晨導師時間開始前就到學校了。原本以為今年的第一學期他也都不會來上學。

班上同學的視線自然集中到他身上。

龍之介絲毫不以為意，坐在靠窗邊最後一個座位，也就是空太的正後方。他從書包裡拿出筆電，開啟電源後，迅速地敲著鍵盤開始工作。

「赤坂，你在幹嘛？」

「更新繪圖引擎的版本。」

「不，我不是問這個，我是想問你為什麼會來學校。」

空太很清楚自己顯然問了一個怪異的問題，來學校上課原本就是天經地義的事。不過，視線偷瞥過來關心情況的同學們的目光，也與空太抱持著同樣的疑問。

「三年級的第三學期是自由到校。」

「這我知道。」

因為同學們即將忙於準備大學考試或找工作而沒時間來學校。

「必須從現在就開始調整出席天數。」

「嗯，我也在想應該是這一類的原因吧。」

事到如今，龍之介也不可能洗心革面，開始認真來學校上課。

「對了，神田。」

「嗯？」

「關於你拜託我試玩的射擊遊戲。」

「啊，怎麼樣？」

「關於ＣＰＵ的動作，可以算是合格了。」

「這說法好像別有含意呢。」

「因為我不覺得是好玩的遊戲。」

龍之介依舊直言不諱。

「那可真是抱歉啊。」

老實說，空太光是編排就已經忙得不可開交，完全沒有深究品質的餘力。

「不過，以學習程式設計的作品來說，已經足夠了。」

「嗯，我大概知道遊戲的製作方法了。」

當然，空太自己也很清楚這其實只是初步階段。然而，在嘗試製作之前，空太就連遊戲是如何動作的都不知道。因此就這點來說，算是有很大的進步。

「還有就是我要說的重點……你有在做要參加『Game Camp』的企劃嗎？」

「我想了幾個概念。」

他把筆記本放在龍之介桌上。

龍之介拿起來後，隨意地開始翻頁。

彙整到一定程度的大概有四個。解謎遊戲、動作射擊與動作格鬥……還有就是之前在「來做遊戲吧」構思的節奏動作遊戲「RHYTHM BATTLER」改良版。

「第一屆的報名截止日是七月十日吧。」

「嗯。」

「你打算趕上嗎？」

龍之介的視線依然停在筆記本上。

「既然不知道什麼時候會辦第二屆，我覺得還是要參加這一次的報名。」

「聰明的選擇。」

這時，翻閱筆記本的龍之介手停了下來。

「如果以創作成熟度來評價，RHYTHM BATTLER的完整性格外突出。」

「是啊，畢竟是受藤澤先生幫忙的遊戲。」

「修改調整成強調動作性的企劃，理由是什麼？」

簡單來說，原本是配合音樂按下按鍵的節奏動作遊戲，但是改良版則變更為像一般動作遊戲一樣，玩家可任意操控角色移動與攻擊。要說哪裡具有節奏動作的要素，便是要發動特殊技時的場面。構想上是配合ＢＧＭ抓準時機按下按鍵，便能發動必殺技。

而且，如此調整的理由明確存在於空太心中。

「因為設計程式的人是赤坂。」

「喔。」

「把要交給你的部分比例加重的話，比較能做出好東西吧？」

「確實是適當的判斷。」

「能這麼名正言順地回答，你實在是很厲害啊。」

龍之介對此沒有回應，繼續說了：

「雖然應該不用我提醒，不過就企劃的性質，音樂的重要性不容忽視。」

他的視線提出疑問——負責配樂的成員要怎麼辦？更精確地說，他是要求空太快去向伊織徵詢意願。

「總之，我會試著問看看他對遊戲製作有沒有興趣。」

要是不行，就必須重新考量其他人選。不同於「來做遊戲吧」，這次要挑戰的「Game Camp」還必須自行評估找齊成員。

雖然隱約覺得應該會很辛苦，但包括思考要找哪些成員在內，空太很享受現在的狀況，光是想像各種可能性就興奮得不得了。

「還有繪圖也是。」

「我知道。」

要是問真白，她一定會很開心地答應吧。然而，空太卻強烈覺得在這時問真白的意願似乎不太對。製作遊戲只是空太的目標，並不是真白的。真白擁有要畫出好漫畫的夢想，現在也還在這條路上前進。空太不能妨礙她，也不想妨礙她。

周遭還有一位已經能自行製作動畫，並受到世人關注的美咲，不過也基於類似的理由，空太不打算問她。

就空太而言，因為希望未來也能以這次的製作團隊持續製作遊戲，所以不希望只有這一次就結束了。

空太希望能像藤澤和希一樣，與學生時代認識的夥伴一起挑戰「來做遊戲吧」，之後也由原班人馬創立公司。

所以不能將目標不同的真白與美咲也牽扯進來。

「總之，我會再思考一下企劃案。」

空太向龍之介如此說道，收下被遞回的筆記本。

這天放學後，最後一堂班會一結束，空太就走向位於別棟的美術教室去接真白。在途中的走廊上，空太看見了熟悉的身影。

是伊織。

這是個好機會。空太走向他，想問他有關「Game Camp」的事。

這時，伊織正一臉認真的神情盯著貼在走廊上布告欄的海報。

空太站在他身邊看了一下。那是一張鋼琴比賽的宣傳海報。空太暫且將「Game Camp」的事吞下肚。

「你要參加嗎？」

「嗚哇！」

受到驚嚇的伊織誇張地彈了一下。

「空太學長，你是什麼時候站在這裡的！你是忍者嗎！」

看來似乎是看得太專注，完全沒注意到空太的存在。

「反正，我不是忍者就是了……」

先不管這個。空太又把視線移回比賽的海報上，伊織也跟著轉回視線。

舉辦日期是下個月七日，即將放暑假前。

從今天算起的話，正好是一個月後。

「我很早之前就報名了。」

「不過，正想著要不要去取消。」

「這樣啊。」

「這樣啊。」

「……學長，你不說最好還是參加之類的話嗎？」

「你希望我這麼說嗎？」

「……我不知道。」

伊織微微低下頭，走廊的另一頭傳來聲音。

「伊織，要去練習了。」

在別棟那邊的是個戴眼鏡的音樂科一年級生。空太之前看過他與伊織在一起，記得名叫武里直哉。他手上拿著像是樂譜的紫色封面大冊子。

「我馬上過去！我先走了，學長。」

「嗯。」

小跑步離開的伊織一追上直哉，便給他一個飛踢；直哉則嫌煩似的用樂譜揮開。

看不見兩人身影之後，空太再度轉向布告欄。

──「全日本鋼琴比賽」。

旁邊還貼著空太也曾見過的伊織姊姊──姬宮沙織的照片，以及雜誌報導的剪報。

日期是三年前。

──「獲選第三名　姬宮沙織」。

標題如此寫著。

比空太印象中稍微稚嫩的沙織表情靦腆，穿著黑色的禮服。

「這確實很讓人難受啊。」

親姊姊已經獲得優秀成績，而弟弟伊織無論如何就是會被拿來與姊姊做比較。就人類的心理來看，會要求伊織有同等或更傑出的演奏，一般的成就是會令人感到洩氣。

很遺憾，現在的伊織似乎尚未有能夠回應這種期待的實力。

空太有去看的比賽中，伊織上場時會場上也確實透出與其他演奏者表演時不同的氣氛，伊織受不了那樣的氛圍而中斷演奏。

「……」

雖然已經對龍之介說了會詢問伊織的意願，然而，空太認為現在並不是能立刻丟出這個話題的狀況，至少得等伊織對這次比賽下了什麼決定之後再說。

空太一邊看著貼在布告欄角落的「問題學生在這裡喔～～！」的謎樣塗鴉一邊如此想著。

「……話說，這是什麼啊？」

以蠟筆畫在圖畫紙上，無法分辨是貓、狗還是怪獸的謎樣生物。真是畫得奇差無比的畫。

「這也是所謂的藝術嗎？」

空太不再繼續深入思考，決定前往真白所在的美術教室。

到了美術教室，真白的同班同學深谷志穗碰巧從後門走到走廊上。

「啊，神田同學。」

她搖曳著束成兩邊的髮辮，發出開朗的聲音，然後立刻又轉回去，把頭伸向美術教室說：

「椎名同～～學！老公來接妳囉～～」

「誰是老公啊！」

「咦～～可是，神田同學是未來的老公吧？」

「未來的事誰知道啊？」

「咦！難道你打算分手？」

「我不是那個意思。」

「騙你的啦，我當然知道啊。我先走囉，兩位慢來～～」

志穗惡作劇般說完，便以小跳步般的步伐離開……才正這麼以為的同時，就在走廊轉角處前傳來「嗚哇！」的慘叫聲，志穗差點就要滑倒。

「她在幹嘛啊……」

空太把臉別開，以免看到掀起的裙底風光。

「話說回來……」

明明就沒對任何人說過，為什麼跟真白交往的事會被知道呢？不只是志穗，以空太與真白的班級為中心，這件事正逐漸變成三年級生眾所皆知的事實。

就目前來看，情報擴散到一、二年級的情形還不算太嚴重。不過畢竟是真白——瞬間便建立起很會畫畫而且非常漂亮的學姊地位——的話題，被廣為人知也只是遲早的事。

空太如此思考的同時，真白快步走到在走廊上等待的空太身邊。

「空太，讓你久等了。」

「那麼，我們回家吧。」

「嗯。」

空太與真白之間圍繞著有些羞澀的氣氛。到教室來接真白這種事，在負責照顧她的時期已經不知做過多少次，然而現在的心情卻與當時完全不同。

還沒回家的志穗從走廊轉角探出頭來，竊笑著看著兩人的模樣。

短時間之內都得忍受這種反應了。空太把這當作是幸福的代價，便死心了。

況且，志穗的態度已經算是可愛的了，在這鎮上還有態度更露骨的人。

在鞋櫃區換了鞋子，空太與真白並肩穿過校門。為了解決負責的採買工作，他們走向車站的方向，目的地是紅磚商店街。

抵達商店街之後，今天等著空太與真白的仍是熱烈的歡迎。

走過魚販面前，老闆大叔便說：

「喔喔，這不是神田家的小夥子嗎？今天的竹筴魚很不錯喔，竹筴魚的味道很讚（註：竹筴魚與味道日文音同，為大叔的冷笑話）！」

「……那麼，我要買竹筴魚。」

「真白美眉今天也很可愛呢，那就免費送妳一條魚！因為值得慶祝，所以鯛魚（註：慶祝與鯛魚日文音近）就拿去吧！」

魚販大叔如此說完，真的遞了一整條鯛魚過來。真教人有些擔心，店應該不會倒吧？

成瀨肉舖的大嬸則是說著：

「哎呀呀，這不是空太嗎？也過來這邊看看吧。有剛起鍋的炸肉排喔。」

「呃，那麼，也請給我那個。」

「小倆口感情和睦地出來買晚餐食材，年輕真好啊。可樂餅就招待你們吧。」

這下子又得到了許多可樂餅。

多虧如此，每次穿過商店街，雙手就會提了滿滿的東西。

今天也是如此。

「空太。」

「嗯？」

空太重新提好塑膠袋回應。

「我要拿。」

「拿什麼？」

「肉。」

「為什麼？」

「魚。」

「我問妳為什麼要拿。」

真白直盯著空太的雙手，接著又目不轉睛地看著自己空著的雙手說：

「空太不想跟我牽手嗎？」

空太遭受到出奇不意的攻擊，心臟加速狂跳。

「好、好，那一半給妳拿。」

空太把較輕的袋子遞給真白後，一隻手便空了出來。不過他又立刻握住真白的手，所以雙手又被填滿了。

他看著真白似乎有些滿足的側臉，邁出腳步。

「欸，空太。」

「又有什麼事嗎？」

「好重。」

走不到十公尺，真白又想把裝了可樂餅的袋子還給空太。

「這個給你拿。」

「明明是妳自己說要拿的吧！」

兩人說著這樣的話，結果還是牽著手回到了櫻花莊。

穿過大門，打開玄關的門說：

「我回來了～」

正準備踏上玄關時，空太看到了一雙陌生的男鞋。那不是空太的鞋子，大概也不是龍之介或伊織的。因為住在一起，自然能夠掌握大家使用的東西。

「嗯？可是，這個是……」

仔細一看，總覺得似曾相識。

三月從水高畢業，原本住在１０３號室……

「仁學長？」

空太慌張地脫掉鞋子，看了看飯廳。沒有人在。總之先把在商店街買來跟收到的食材與食物全都放在餐桌上。

空太急忙到自己的房間。

猛然打開房門。

「喲，回來啦。」

坐在床緣玩著３Ｄ對戰格鬥遊戲的，毫無疑問正是仁。

「仁學長！」

乾淨的白領襯衫非常適合他修長的身形，知性的眼鏡依然如故。

「什麼啊，看到我這麼開心嗎？」

「因為……咦？你為什麼會跑回來？」

仁為了專心學寫劇本，並未爭取水高的直升推薦，而是報考了大阪的藝術大學，而且也漂亮地考上，現在一個人在大阪生活。

「美咲的動畫明天要配音，所以就過來看看。」

「喔喔，是那個啊……」

空太知道是由七海爭取到了女主角的配音。甄選之前，空太還幫七海一起練了台詞，因為不知重複了多少遍，台詞到現在還留在腦海裡，包括七海的演技也是……

「仁，歡迎你回來。」

稍遲了一些，真白也出現在房裡。

「真白也好久不見了……話說，倒也沒那麼久不見吧。」

仁哈哈笑了起來。最後一次見面是在春假，正好是空太感冒臥床的時候，仁曾經回來過一次，目的應該是確認美咲送出去的結婚申請書。之後他們兩人應該回了老家，向父母打過招呼後才又回來……不知道他們究竟跟父母說了什麼。

「不過，沒想到這麼快就有兩個一年級生住進來了，真是讓我驚訝啊。」

「嗯，是啊。」

就在這時，門鈴響了。接著，傳來女性的聲音。

「打擾了～」

「是綾乃。」

真白到玄關迎接。綾乃大概是為了討論漫畫的事才來的吧。聽到些微的談話聲後，兩人的腳步聲便往二樓逐漸遠去。

空太與仁不由得受天花板上傳來的腳步聲牽引，直到聽不見之後才自然地彼此對看。

「有了可愛的女朋友，感想如何啊？」

語氣充滿調侃意味的仁已經開始竊笑。

「嗯，當然很幸福啊。」

空太關上房門，脫下制服。不做點什麼的話，心中的想法幾乎都要寫在臉上了。

他換上家居服的同時，腦海裡閃過有關七海的事，表情瞬間變陰鬱。雖然他立刻試圖掩飾，卻察覺到仁的視線便放棄，露出無力的笑容。

「就算我說這也是沒辦法的事，大概也安慰不了你吧。但是，我還是認為青山同學的事確實是無可奈何。」

已經被仁看穿了。

「是……」

「不過明知如此，還是讓人很難受吧。」

空太無言地輕輕點了點頭。除此之外 他不知該如何回答。

「我很清楚自己無能為力，也明白就像仁學長說的。」

「……」

「不過，我從青山那裡得到了許多東西，所以很感謝她……不論是與她的相遇、跟她變成朋友、在櫻花莊共同度過的日子，或是她喜歡上我，我都覺得很美好……真的很美好……」

「你對青山同學說過這些嗎？」

「我沒對她說過。」

「這樣啊。」

「因為不可能對她說這些……所以才對仁學長說。」

仁只是一如往常地笑著。這對現在的空太而言，確實是種救贖。

「話說回來，空太。」

仁彷彿要轉換氣氛，如此丟出話題。

「什麼事？」

「我有一個很重要的問題。」

他莫名一臉認真的神情。

「是、是的。」

空太依舊站在衣櫃前回應。

「你跟真白進展到什麼程度了？」

「學長一臉認真問這什麼問題啊！」

「接過吻了嗎？」

「啊、呃，那個……！」

在函館的教堂。到處奔走尋找真白那天的事在腦海中復甦。

「原來如此，接吻已經體驗過了啊。」

仁發出沉吟聲，眼鏡鏡片閃了一下。

「那、那個……只是憑著一股衝動，那、那個，老實說，我已經完全記不得了……」

在那之後，這種事一次也沒再發生　空太當然想再嘗試，卻不知該如何發動攻勢。回想起來，反而覺得在北海道時真虧自己竟然那麼大膽。當時情緒激動又興奮，正如字面所說，只是全憑著一股衝動。

「放心吧，空太，都已經是男女朋友了，接下來想做什麼就做什麼。」

「想做什麼就做？」

空太嚥了一口口水。

「當然也包括那種事跟這種事。」

「請、請不要調侃我了。」

「不過，可得好好顧慮到對方的心情喔？」

仁不以為意地繼續補充。

「我、我知道啦！我、我也想好好珍惜她。」

「喔喔，空太也越來越敢講了耶。」

「這個話題結束！」

空太很清楚自己已經滿臉通紅。

「別生氣嘛，明明就這麼有趣。」

「我可是一點也不覺得有趣！」

「真拿你沒辦法。那就換個話題吧。」

「請換話題吧。」

空太鬆了口氣。

「空太跟真白都怎麼約會？」

看似換了話題，其實並沒有。

「約、約會什麼的……那個……我們沒在約會！」

「唉……」

仁用力地嘆了口氣。

「我說啊，空太，你跟真白交往多久了？」

空太回溯月曆上的日期。

「……大概三個星期。」

「當中一次也沒約會過嗎？」

「是的……」

「你到底都在幹什麼？」

「怎麼了嗎……」

起身的仁走過來推空太的背。

「等、等一下，仁學長！」

「現在馬上去約她。」

仁如此說完就把空太趕到走廊，房門也用力關上。

空太的視線自然而然朝向通往二樓的樓梯。

「呃，可是，現在飯田小姐還在裡面。」

空太才這麼想，二樓便傳來聲音。綾乃一個人從二樓走了下來。

「咦？妳要回去了嗎？」

「是啊，只是來送樣書，然後收回她確認過的校對用稿而已。」

「喔，這樣啊。」

雖然搞不太懂她說的東西，不過看來也沒時間問得更清楚，綾乃穿上鞋子便離開了。也許是因為接近截稿日，現在忙得不得了吧。

然而這麼一來，便沒有理由不去真白的房間。

「……」

空太與真白正在交往。戀人，男朋友與女朋友的關係。

假日去約會可說是天經地義的事。要是去約會，說不定還有第二次接吻的機會。

而且很湊巧的，明天就是星期天。

空太鼓起勇氣，踏上樓梯。他踩著吱嘎作響的地板，一階一階往上爬，隨著越接近真白的房間，心臟便越劇烈地跳動，下腹部有種騷動不安的感覺，心情靜不下來。

好緊張。

接著，在202號室……真白的房門前，緊張達到最高峰。

即使想先在腦袋裡做沙盤推演，卻始終無法完整地想像出來。總之，在心中告訴自己要自然一點。不過空太會這麼想，就證明他現在緊繃得不得了。

「好、好。」

空太心想沒問題，正準備敲門的瞬間，房門從裡面被打開了。

「嗚喔！」

空太不禁立刻閃開。

「魚怎麼了（註：魚的日文發音同嗚喔）？」

真白站在房裡。

「不是那個『魚』啦！」

「……」

「呃，在這裡遇見還真巧耶。」

「……」

「……」

「是啊。」

「不，明明就不對吧！」

「是空太自己說的。」

「話是這麼說沒錯啦……不對，呃、那個，也就是說……」

「是啊。」

「我什麼都還沒說吧！」

「空太看起來好像很開心。」

「那只是隱藏不住內心的動搖！」

「那就冷靜下來。」

「說、說的也是。」

空太的視線先逃向地板。這時，他注意到真白腳邊有個紙袋。那是印有出版社商標的塑膠加工耐用的白色袋子。

這麼說來，綾乃在離開之前確實說過樣書之類的事。

「真白，那個是……」

空太手指著紙袋，真白便拿出袋子裡的東西。

「拿去。」

她遞過來的是少女漫畫的單行本。那是真白連載的漫畫單行本，封面是一對男女彼此背對背站著。

「喔喔。」

空太不禁發出莫名其妙的聲音。

雖然從沒錯過任何一期連載，不過一旦變成單行本，又有了不同的感動。

真白確實是逐漸邁向漫畫家之路，這單行本正是最好的證明。

「是下星期發售嗎？」

印象中雜誌上寫的是二十日。

「沒錯。」

今天是十八日星期六，所以發售日就在後天。

「空太，有什麼事嗎？」

「啊、呃，是啊。」

被真白這麼一問，空太才回過神來。

「……我有點事要跟妳說。」

「……」

真白直直地看了過來。原本不知跑哪去的緊張感瞬間又全都回來了。

看來自己似乎完全搞錯要怎麼開口了。雖然想要自然一點，這麼一來卻又太拘謹了。然而就算發現了這一點，事到如今也沒辦法再修正回來，只能這樣繼續下去。

「什麼事？」

「就、就是明天。」

「怎樣？」

真白微微歪著頭。這是空太喜歡的動作之一。

「要不要一起出門？」

他壓抑住加速的心跳，好不容易說出口。這時，真白罕見地眨了眨眼，接著像在思考般微微低下頭……然後，又看了看空太。

「約會？」

「是、是啊。」

被這樣重新確認一次實在是很難為情。空太臉頰發燙，莫名的汗水不斷從頭頂流下來。

「我要去。」

「喔、喔。」

「我要去約會。」

「那就這麼說定了。」

「嗯，真讓人期待。」

「是、是啊。」

「……」

「……」

對話應該已經結束了，但真白看來還在等待什麼似的。

「欸，空太。」

「幹、幹嘛啊？」

「要去哪裡？」

「咦？」

「……」

「……」

空太現在才察覺到自己什麼都還沒想。

「我會在明天之前想出來的。」

第一次約會的約定竟是如此難看又微苦的體驗。

4

隔天星期天，空太在有點晚的九點醒來。

走到飯廳，發現理所當然般在櫻花莊吃早餐的三鷹夫妻。

「約會啊，哎呀，真是教人羨慕呢，空太。」

「我想要跟蹤你們，然後拍下約會的狀況喔，學弟！」

他們如此說著，一開口就調侃起空太。

「主題是『第一次約會！還有意外露點喔！』」

美咲手上真的拿著Handycam，絕非只是在開玩笑。

「咦～～我也想要約會！空太學長，帶我去啦！」

與仁已經完全打成一片，還一起吃早餐的伊織緊抓著空太不放。空太甩開他的手之後，感受到栞奈似乎很不滿的視線。

「……」

她斜眼死盯著空太。

「有什麼事嗎？栞奈學妹。」

「沒事。」

總覺得她心情越來越惡劣，應該不是自己多心了。

之後空太叫醒真白，一起簡單吃過早餐。

「今天可以不用回來喔～～！」

在被美咲如此精神飽滿地目送之下，空太與真白出門開始第一次的約會。

保險起見，在前往車站的途中，空太好幾次回頭確認。畢竟美咲與仁還有獨立製作的動畫配音工作，應該不會跟來吧。不過，栞奈與伊織就不能說完全不可能了。兩人有過前科，教育旅行的第二天，在小樽的自由活動時間似乎尾隨過空太與真白。

「空太。」

「幹嘛？」

空太看著後方回答。

「唔。」

真白發出可愛的聲音，用力拉扯空太的手臂。

「嗚喔！」

空太被迫轉向前方。身旁的真白露出不開心的表情。

「怎、怎麼了？」

「不管了。」

真白生氣地把臉別開，自顧自的往前走。每當跨出一步，洋裝裙襬便搖曳生姿，彷彿變紅的美麗銀杏葉般的顏色在視野中央翩然飛舞。

空太看了總覺得大概能夠理解她不高興的原因。

他急忙追上去，並肩走在真白身旁。

「妳的衣服很可愛耶。」

「……真的？」

她的聲音變得有些開朗。

「嗯。」

空太明確地點點頭，真白嘴角便綻放出笑容。

「還有啊，真白，有件事得告訴妳。」

「什麼事？」

「車站在另一邊。」

空太抓住在Y字路口朝錯的方向前進的真白的手，轉向正確的路。

「我知道。」

「不要裝沒事地撒謊！」

接著大概走了五分鐘，抵達藝大前站的空太與真白搭上進站的急行電車。深藍色是七人座橫長型座位的最大特徵。兩人在座位邊邊親密地坐下來，每當電車搖晃，肩膀便會輕微碰觸，體溫讓空太感受著真白在身旁的事實。

說不定所謂幸福，指的就是這種事。

空太不自覺看著真白的側臉，回過神時，卻發現自己猛盯著她那看似柔軟的雙唇。

空太對過度意識的自己感到很難為情，將視線轉向窗外。

現在的天氣還不錯，雖然有一些雲，不過可說是晴朗的天氣，以多雨的季節而言算得上是清爽舒適。雖說今早的氣象預報說傍晚會開始下雨，不過看這樣子，好天氣應該可以撐到晚上。

「空太。」

空太聽到呼喚，便把視線轉回真白身上。

「什麼事？」

「要去哪裡？」

「水族館。」

這是空太昨天向真白提出約會邀約後，拚命思考所得到的答案。他姑且也認真地問仁：「你覺得水族館如何？」並得到仁的認證：「嗯，還算是恰當的選擇吧。」因此空太鬆了一口氣……卻沒想到……

「水族館？」

真白發出笨拙的聲音歪著頭。

「喂，給我等一下……」

「我不能等。」

「不，等一下，給我等等。妳不知道水族館嗎？」

空太不禁一臉認真地問道。

「我知道。」

真白直直盯著空太的眼睛。

然而，不能被她騙了，她有時會莫名逞強。空太好歹也在真白身邊照顧了她一年以上，雖然不容易從表情猜出她的情緒，但已經算是越來越能掌握了。

這就是在撒謊的模式。

「那麼，真白小姐，請告訴我什麼是水族館。」

「原來空太不知道啊。」

「我知道啦！」

「那麼，你說說看。」

「有很多魚的地方。」

「商店街也有呢。」

不，商店街並沒有。

「妳想的是魚販吧！水族館是有更多魚的地方啦！」

「戴著帽子的大叔會搭著不可思議的東西移動的地方吧。」

「妳說的一定是築地市場吧！順便說一下，那個東西是Turret Truck，通稱搬運車！」

「也可以這麼說。」

「是只能這麼說啦！話說回來，妳還不打算承認妳不知道嗎？」

與清純纖瘦的外型相反，真白個性極不服輸，所以像這種時候格外麻煩。

「水族館是觀賞活生生的魚游泳的地方。」

「是那個水族館啊。」

「水族館才沒有什麼這個還是那個啦！」

「到底是哪個水族館？」

「妳實際到底了解到什麼程度？沒問題吧？我真是越來越擔心了。」

「沒問題，我知道。就是水族館，只是沒記住名字而已。」

「不，這已經是個大問題了吧……」

雖然已經在櫻花莊一起生活了一年以上，卻還完全搞不懂真白的價值觀。大概就是因為這一點才會成為世界知名的天才畫家吧？該說是與一般人的感覺不太一樣……

空太正這麼想著，真白便靠向他的肩膀。

恰到好處的重量以及覆蓋右半身的溫度，讓空太不禁心跳加速。

「真、真白？」

「……」

沒有回應。

「呼……呼……」

相反的，一陣類似睡眠呼吸聲傳來

「喂。」

空太心想著不會吧，偷看她微微低下的臉。

「呼……呼……」

真白看來正睡得很舒服。

「給我起來！」

空太輕輕戳了她的頭。

「什麼事？」

真白帶著昏昏沉沉的聲音回應。看來是睡眠受到妨礙，有些不滿的樣子。

「不要突然睡著。」

「我接下來要開始睡覺了。」

「不是叫妳先聲明再睡的意思！」

「……」

真白愛睏的眼神向空太提出疑問，意思是要空太說明為什麼。

「妳聽好了，現在我跟妳正在約會，而且還是第一次約會。」

「嗯，我知道了。晚安。」

「不，我的意思是……竟然已經睡著了！」

「呼……呼～～……」

「不准呼～～！」

「咕～～……」

「也不准咕～～！唉……」

空太忍不住深深嘆了口氣。

「這可是第一次約會耶，一般人會在抵達目的地之前就睡著嗎……」

「呼……呼……」

「欸，真白，妳昨天也畫漫畫原稿到很晚嗎？」

「……沒有。」

本以為不會有回應，沒想到真白卻回答了。

不過她的雙眼還是閉著，腦袋也搖來晃去地打盹。

「不然為什麼會這麼睏啊？」

如果是為了畫漫畫就沒辦法，但若是因為其他原因而在約會時狂睡，會讓人覺得空虛寂寞。

「空太不讓我睡。」

「啥？我昨晚那麼有幹勁嗎！」

「在想空太的事……」

「喔……」

「一想到要跟空太約會，就睡不著。」

這就像期待遠足而睡不著的小學生……應該是這樣吧。

如果是這樣，倒也不會覺得不高興，反而很開心。沒錯，開心是開心，但不知為何有種無法釋懷的心情。

這是一定的。

「既然那樣，現在卻還能睡著，這才讓我驚訝啦！」

真白不理會憤慨的空太，把全身重量靠到他肩上。空太看到真白完全安心而毫無防備的睡臉，倒也不是那麼介意地嘀咕：

「算了，無所謂。」

在電車上晃了三十分鐘，從抵達的車站走了約十分鐘，空太與真白抵達目的地水族館。

今天是假日，入口附近果然擠滿了人。闔家出遊的遊客、應該是國中生的五、六人集團，其中還有幾對情侶檔。

兩人買了門票之後進入館裡。

老實說，空太不知道真白對水族館會有什麼樣的反應而感到不安，不過立刻就發現自己是杞人憂天了。

真白看著色彩鮮豔、在水中攸游的熱帶魚，說出這樣的感想：

「好美喔。」

她直盯著水槽看，自由自在的魚群彷彿跳躍著映在她閃亮的雙眸。眼前應該是一樣的東西，但有時會懷疑在真白眼中看起來是否完全不同。看到透過真白描繪出來的繪畫世界時也是，像這樣看著她全神貫注地做一件事的樣子，便會莫名有這樣的實際感受。

「好漂亮的魚呢。」

像是看著長相怪異的珍奇魚類說出這樣的感想時……便會深刻感覺到她那特別的感受力。

「這個漂亮嗎？」

戽斗又擁有豐厚香腸嘴的魚，顏色是茶褐色，一點也不華麗。不知道是不是聽到了空太說的話，真白威嚇般靠過來。

「眼睛很美喔。」

原來如此，確實擁有清澈的眼睛。

因為妨礙到了蜂擁進來的遊客動線，兩人便往旁邊的水槽移動。

水母發著光，輕飄飄地游動。宛如為了襯托牠的光亮，周遭只有昏暗的間接照明。

「不過所謂的漂亮，指的應該是這個吧？」

「……」

真白不知何時已經拿出素描簿，開始畫起水母的草圖。雖然因為這樣而佇足了幾分鐘，不過事到如今，空太已經不會因為這點程度的事就感到驚訝了。這就是真白。屢屢有路過的遊客探頭過來看真白的畫，然後目瞪口呆。

再往裡頭前進，水族館裡受歡迎的主要水槽一個接一個登場。沙丁魚群令人目不轉睛的精彩舞蹈；有大群鮪魚游泳的巨大水槽；優雅游動的鯨鯊充滿魄力，確實值得一看。

要說有什麼好挑剔的，就是真白說的話。

她看著沙丁魚群喃喃：

「看起來好像很好吃。」

對著眼前的大群鮪魚說：

「看起來好像非常好吃。」

最後還仰望著鯨鯊……

「我要那個，做成生魚片。」

向空太點菜了。

「除了吃就沒別的了嗎！」

接著，真白的肚子「咕嚕」地發出可愛的慘叫聲。

「給我用嘴巴回答！」

雙手捧著肚子的動作實在非常可愛。

然後再度發出「咕嚕」的聲音。

「它說肚子餓了。」

真白挺出肚子，彷彿在說「你瞧」似的。莫非是要空太把耳朵貼上去嗎？姑且先想像一下畫面——扶著肚子的真白；把耳朵貼在她肚子上的空太。完全是孕婦的樣子。空太因此駁回了這樣的舉動。

「總、總之，就是想吃飯了吧？」

真白點點頭。

空太拿出手機確認時間，已經過了下午一點。

「那我們先離開這裡吧。」

空太帶著已經開始把所有魚類看成食材的真白離開水族館，一邊折回車站方向一邊尋找可以吃中餐的店。

因為不是當地人，對這裡沒有概念，只能隨意找店家吃中餐。雖然後悔早知如此，出門前就該先調查清楚，不過現在才注意到也已經來不及了。空太先在心中做好筆記，「下次約會一定要先做功課」。

車站附近可看見零星幾家餐飲店，路上也有許多要找餐廳吃中餐的親子或情侶檔。

「妳有想吃什麼嗎？」

空太出聲叫喚，真白的視線卻追著走在離他們約十公尺處的情侶。

「真白？」

「那是男女朋友嗎？」

應該是大學生吧。女生拉著男生的手臂往前走，好像有什麼開心的事，兩人之間充滿了歡笑聲，接著停下腳步等紅綠燈。兩人仿佛連這樣都覺得很有趣似的，發出的笑聲就連走在後面的空太他們都聽得到。

「不管怎麼看都是情侶吧。」

這時，真白擺出微微張開雙臂的謎樣姿勢，開始確認起自己的樣子。

「空太。」

「嗯？」

「我看起來像空太的女朋友嗎？」

「不……不太確定耶。」

「看起來不像嗎？」

真白露骨地垂下眉毛，看來很沮喪的樣子。

「剛剛說的『不太確定』，責任是在我身上啦……」

真白很可愛，任誰都會這麼認為。正因如此，站在旁邊的人如果是空太，就平衡感來說，看起來會覺得是空太配不上真白吧。

就連在水族館裡，真白也很引人矚目。

如果空太與真白看起來不像情侶，原因就出在空太身上。

雖然現在他已經不在意這一點了。

「先不管這個，中餐妳想吃什麼？」

「我想吃那個。」

真白伸手指向全國連鎖速食店——紅色招牌非常醒目的漢堡店。走在前方的情侶已經親密地走進店裡了。

「要吃那個的話，隨時都吃得到吧。」

「我沒有吃過。」

空太瞬間沒有意會過來她所說的話是什麼意思。他宛如看著什麼奇怪的東西似的不斷眨眼。

「咦？妳是認真的？」

「超認真的。」

不過仔細想想，搞不好就是這樣。至少在真白來到日本之後，應該從來沒去過。平常幾乎都在櫻花莊吃飯，所以本來就不會外食。

即便是在英國，真白仍一直在畫畫，應該也沒時間跟朋友在速食店喋喋不休地閒聊吧。

「那麼，今天就吃那個吧。」

「嗯，與空太的第一次。」

「聽起來好像怪怪的，不要省略那麼多。」

「空太是第一次？」

「這樣更不對勁了啦！」

「空太的第一次？」

「好像連我也失去了什麼……」

真白不理會垂頭喪氣的空太，迅速走向速食店。空太沒辦法，只好快步追上去。

穿過自動門，來到速食餐廳裡。因為是中午用餐時間，店裡果然非常擁擠。客層都很年輕，國中生、高中生，還有帶著小學生的媽媽。

「好多人耶。」

視線大概掃過一圈，看來座位都有人坐了，只剩裡面的吧台還有空位。

「算了，就坐那邊吧。」

「好啊。」

空太帶著真白到吧台的兩人座位，一個放空太的包包，另一個座位則讓真白先坐下。

「真白想吃什麼？」

「跟空太一樣。」

「我知道了。」

空太留下孤零零坐著的真白，到點餐結帳區排隊。前面的兩人都點了期間限定的漢堡套餐。

空太也買了同樣的套餐。付完錢，接下放有兩人份的漢堡、薯條與飲料的托盤，接著回到真白身邊。

「讓妳久等了。」

他說著在真白的旁邊坐下，立刻就將一根薯條送進嘴裡。真白覺得不可思議似的直盯著空太的動作。

「怎麼了？」

「……」

真白不發一語地起身。正好奇她要做什麼的時候，她便將椅子稍稍往空太那邊挪動，接著又若無其事地坐回椅子上。

「這樣剛好。」

還露出一臉滿足的表情。

她的臉比剛才更靠近，兩個人的肩膀幾乎要撞在一起了。以距離而言，搭電車的時候兩人還比較靠近。然而，真白刻意縮短的距離與她的行動都讓空太心臟開始狂跳不已。薯條吞不下去，喝了一口飲料便卡在喉嚨，嗆了兩、三次。

「空太？」

「沒、沒事。」

「你的臉很紅。」

真白微曲身子，看了看空太的臉。呼吸快吹到臉頰的距離，好近。只要稍微探出身體，幾乎就能親吻到閃耀光澤的雙唇。

空太吞了吞口水。

「都、都是因為妳做了那麼可愛的舉動啦！」

「嗯？」

真白露出茫然的表情。她一副搞不清楚狀況而不設防的樣子，微微歪著腦袋。就連這樣的表情，空太都無法直視。

「算了，沒事。」

空太說完，有點粗魯地拿了漢堡想蒙混過去。打開包裝，大口咬起漢堡。

真白也有樣學樣，將漢堡送進嘴裡，一點一點靜靜吃著。

「薯條跟飲料也是妳的喔。」

真白滿嘴都是漢堡，點了點頭。

這樣的安穩持續了大約三分鐘。在兩人都吃完漢堡的同時，產生了新的問題。

突然間，薯條被遞到空太眼前。捏著薯條的人是真白。

「空太，來。」

似乎是想叫空太吃的意思。

「我還是問一下，妳在做什麼？」

「情侶。」

得到了相當隨便的回答。

空太差點就把含在嘴裡的飲料噴出去。

「妳能回答得更具體一點嗎……」

真白遞出的薯條現在還在空太嘴邊。

「我自己吃就可以了。」

「明明是男女朋友？」

「要是在別人面前做這種事，會被當成蠢情侶檔瞧不起的。」

「那麼，那就是蠢情侶檔囉。」

順著轉向餐桌座位的真白視線一看，發現了明明是假日卻還穿著制服的高中生情侶檔。他們確實正在互餵對方。兩人大概是聽到了對話，都看向空太與真白的方向。

空太含糊地笑著打哈哈。

「妳講話要小心點。」

他小聲地對真白這麼說，讓她把頭轉回來。

「那是空太要注意的。」

「不要連這個都叫我幫妳注意……」

「空太明明是我的男朋友。」

「所謂的男朋友，可不是方便的萬能道具喔。」

「麗塔說男朋友什麼都會幫忙做。」

「好，妳等一下，我馬上傳簡訊到英國去抗議。」

空太拿出手機。

——不要對真白灌輸莫名其妙的知識！

空太打完簡訊便寄出。

由於時差的關係，海洋的另一端現在應該是早晨。空太原以為應該不會收到回覆，沒想到很快就獲得回應。

——原來如此，空太是想把真白訓練成自己想要的樣子啊。你的發言也越來越大膽了耶。

——可以不要曲解我的意思嗎！

戰事拖久很危險。絕對會被解釋得越來越古怪。

——空太要是更早跟真白約會，我就什麼也不會說了。請加油。

意外得到了正確無誤的回覆。

「……」

空太什麼話也說不出來。

「麗塔說什麼？」

「她要我加油。」

「空太，加油。」

「我已經盡全力了啦……」

「薯條，很好吃。」

真白已經沒在聽空太講話。點餐櫃台的方向傳來告知薯條剛炸好起鍋的旋律。

用完餐後，空太與真白走出店家，時間已經超過下午兩點。為了幫助消化，兩人逛了附近的店家。逛得差不多之後，兩人的腳步自然走向車站的方向。

「雖然還有點早，要先回家了嗎？」

空太向走在身旁的真白問道。

「飯店呢？」

空太瞬間還無法認知這是真白的回應。

「咦？」

「不去嗎？」

「妳剛說什麼？」

「不去嗎？」

「更前面那句！」

「我說了什麼來著？」

「是很重要的事，妳一定要想起來！」

「……飯店？」

「沒錯，就是那個！不對，還是不要想起來比較好！」

「不去嗎？」

「這也是麗塔教妳的嗎？」

還是先冷靜下來比較好。

「仁說的。」

「那個人……」

仁一定想像著空太驚慌的模樣而哈哈大笑吧。這樣的嗜好真是太爛了，如果事不關己還能笑笑就算了，對當事者而言可是棘手得很。

「不去嗎？」

「哪能去啊！」

「為什麼？」

「那、那當然是因為第一次約會就去飯店的話，會有很多問題吧？我們還是高中生耶！如果是以前的花花公子仁學長就算了，這就各方面來說都很奇怪吧！」

「沒問題的。」

「完全不行吧！」

「我有穿決勝內褲。」

「不要這麼輕易又更進一步！我的心靈撐不住啦！而且，妳、妳是以這種動機來赴今天的約會嗎！」

「這種？是指哪種？」

「這哪說得出口啊！」

「你不說的話，我怎麼會知道？」

「反、反正！飯店還太早！聽懂了嗎？」

「我知道了。」

「真的嗎？」

「嗯。」

「那就好，真是太好了。」

空太鬆了一口氣。

「欸，空太。」

「又有什麼事？」

「那要什麼時候才不算太早？」

「還要繼續這個話題嗎！」

「什麼時候？」

「我哪知道啊！」

「不告訴我的話，我會很困擾。」

「妳知道我現在就正在困擾嗎？」

「我會不知道什麼時候該穿決勝內褲。」

「我也不知道啦！」

「唔。」

「唔什麼啊！況、況且，妳……那、那個……無所謂嗎……」

空太的聲音越來越小。

「什麼東西無所謂？」

「就、就是說……跟、跟我……那個……去飯店之類的……這種事。」

已經難為情得臉上快噴火了。

「還不行喔。」

真白小聲說道。

「明明還不行卻跑來問我？」

「我還沒做好心理準備。」

總覺得真白的臉紅了起來。

「那剛才那一段是什麼？雖然覺得還太早，但要是沒被邀約，就女孩子而言感覺很複雜的少女心嗎！」

真白稍微停頓了一下，接著回答：

「……是啊。」

「不准撒謊！妳一定是剛剛才覺得『啊，這麼說也不錯』吧？」

「我沒有那麼想。」

不服輸的真白看來沒有要讓步的意思。因此，只能空太先退讓了。

「我知道了。算了，這樣就好……妳應該要有點警戒心，男孩子的腦袋可是想著各種亂七八糟的東西呢。」

今天也一直想著要在哪裡跟真白接吻。光是肩膀互相碰觸，所有神經就集中到那一點上。

「身為男孩子的空太正在想什麼？」

「想、想什麼都無所謂吧。反正，妳要更珍惜自己才行。」

「那就請空太更珍惜我。」

「……」

空太張著嘴，僵住陷入恍神狀態。

「空太要珍惜我。」

「我、我說妳啊！今天到底突然在說什麼東西啊！」

「空太要對我做很過分的事嗎？」

「怎麼可能啊！」

空太猛然抬起頭來，立刻回答。

「請溫柔一點。」

「現在說這句台詞還太早啦！」

「因為我不太懂，希望你能多教教我。」

「關係真是進展快速啊！快停下來！就此打住！好，回家吧！回家了喔！今天就先回家了，可以吧？」

雖然空太曾想著要是在哪裡發展成不錯的氣氛就好了，不過現在已經沒那個心情。

「回櫻花莊繼續嗎？」

「沒有要繼續啦！」

「明明就很開心……」

「我說妳啊……」

「約會很開心。」

真白微弱的聲音喃喃說著。雖然差點就聽漏了，不過還好確實有聽見。

「接下來要約會幾次都行。」

空太說著先邁出腳步。他的臉頰發燙，很清楚自己說了難為情的話。

遲了一些，真白也小跑步追上來。

「那麼，下星期也想約會。」

「每個星期都約會也沒問題。」

真白拉住空太晃動的手做為回應。她的側臉看來好像很開心。

「啊，車站在反方向。」

空太察覺走錯方向，在天橋上折返，看來似乎內心受到很大的動搖。

就在走下樓梯的時候，與正要走上來的女孩碰個正著，接著驚訝得張大了嘴。空太對那張戴著眼鏡、看起來很認真的臉有印象。

「栞奈學妹？」

還以為沒被跟蹤而完全大意了，看來只是空太沒注意到而已。

「不、不是的！」

栞奈說著讓人一眼就看穿的謊，別過臉去，同時準備向後大大退一步。然而，栞奈正站在樓梯上，背後沒有可以支撐她右腳的地面。

「啊！」

栞奈發出類似尖叫的聲音，身體傾斜。

「栞奈學妹！」

空太覺得不妙而大叫出聲，拚命把手伸向往下掉的栞奈。然而，完全搆不著。反而是徹底失去平衡的栞奈離空太越來越遠，頭朝下往少說有二十階的樓梯底下……已經束手無策。

她掉下去的瞬間，空太緊緊閉上眼睛。

「嗚喔！」

這時耳邊傳來男性的聲音。

正在樓梯下方的人以全身擋下了栞奈的身體，兩人重疊般後仰倒下。

空太急忙衝下樓梯。

立刻發現擋下栞奈的人就是伊織。看來似乎是兩人跟蹤了空太與真白。

「栞奈學妹，妳沒事吧？」

空太伸出手來拉栞奈站起身。

「……是。」

栞奈還一臉慘白，驚魂未定的樣子。右手撫著胸口，想讓心跳鎮定下來。

就外表看來，似乎沒有受傷。

空太鬆了口氣，出聲問道：

「伊織也沒事吧？」

不過下一瞬間，空太的身體僵住了。

伊織痛苦地皺著臉，蜷曲著身體發出呻吟。

「……！」

胸前護著的正是右手。手腕處有不自然的鼓起，扭向奇怪的方向。

伊織緊閉雙眼，強忍痛楚。

空太嚇得渾身沒了血色。

「伊織！」

他蹲下來呼喚伊織。

「嗚嗚……！」

然而，得到的回應只有不成句的痛苦呻吟。

空太慌張地拿出手機撥了119。

第二章 六月並非都是雨天

1

不到十分鐘救護車便趕到了。空太陪同痛楚得呻吟的伊織，也上了救護車，被送到附近的大學醫院。真白與栞奈也在一起。

抵達後，只能把被送進診察室的伊織交給醫生了。三人在候診室等待診療結束，不過還要做X光檢查，看來似乎不是簡單處理就能解決。

「我聯絡一下千尋老師。」

空太留下待在候診室的真白與栞奈，到大廳去打電話。

雖然是假日卻還是到學校去工作的千尋，聽完空太說明情況之後便說：「我知道了，我現在就過去。」

光是這句話就讓原本繃緊的神經放鬆了一些。

結束與千尋的通話之後，空太回到診察室。

已經不見伊織的身影，也沒看到真白與栞奈。

還留在現場的護士告訴空太已經將伊織移往病房。

「病房……要住院嗎？」

「是的。」

護士看起來很忙的樣子，也不方便再詢問更詳細的情況。

總之，空太問了病房的位置，搭上了電梯。前往五樓，電梯逐漸上升。

其間許多事情閃過空太的腦海。伊織的右手已經骨折，就連外行人也能一目了然。既然需要住院，就表示應該不是單純的骨折吧。還是當時也撞到了頭……

盡是一些負面的想法，胸口一陣揪心。

「……鋼琴要怎麼辦？」

最在意的是這件事。無處發洩的情緒緊緊束縛著空太的身體。他繃緊全身，對抗這股不快的感覺。

鈴聲響起，電梯抵達五樓。

來到走廊上的空太依樓層地圖確認了５０３號病房的位置。是東側的病房，從最裡面數來第二間……那就是５０３號病房。

拉門的旁邊掛著手寫「姬宮伊織」的名牌。看來似乎就是這裡了。

空太敲了敲門。

「請進～～」

回應的是熟悉的悠哉聲音。空太一邊感到有些意外一邊拉開房門。

靜靜踏入病房。

白色的牆壁與白色的窗簾，病房裡特有的消毒水味道刺激著鼻子。

病房正中央有一張床。是單人房。

在抬起背的病床上，伊織伸長雙腿坐著，一察覺進來的人是空太便露出天真無邪的笑容。

「啊，學長！」

看起來很有精神的樣子。

相對於這樣的伊織，栞奈與病床拉開些許距離，彷彿緊貼病房牆壁般站著。

「……」

即使將視線朝向她，也只得到深深的沉默做為回應。

她只是低著頭，一動也不動。

原因在於病床上的伊織右手臂被綁在脖子上的三角巾吊著。

坐在病床旁摺疊椅上的真白，表情有些落寞地凝視著這隻手臂。

「手怎麼樣了？」

就算不問也知道傷勢很嚴重。即便如此還是得問，因為無法捨棄在內心某處認為也許傷得不重的期待。

「骨折了。」

伊織露出笑容說道。

「你……竟然還說得這麼輕鬆。」

聽到他這麼說，感覺渾身頓失血色。

要是骨折的是自己的手，恐怕還不會有這樣的感覺，大概也不會如此心神不寧。

因為是伊織……因為是讀音樂科的伊織的手臂……

掩飾不住對他的手臂骨折的事實感到震驚。

「好像是開放性骨折。」

如此小聲說著的人是栞奈。

「手腕的兩根骨頭都斷了……聽說彎得很厲害。」

「要多久才會痊癒？」

空太開口向伊織問道。

「呃……」

伊織變得吞吞吐吐。

「好像得先動手術把彎曲的骨頭弄直。恢復到日常生活行動無虞大約需要兩到三個月……要完全行動自如的話，含復健在內得花上半年。主治醫生是這麼說的。」

栞奈的肩膀微微顫抖，確切地如此回答。

「嗯，好像差不多是這樣。」

即使如此，伊織還是傻笑著。

「大概是因為偷看學長姊約會，所以遭天譴了？」

「鋼琴呢？」

真白對開玩笑的伊織丟出坦率的提問。

光是這一句話，就讓病房裡充滿了令人無處可逃的緊張感。

「鋼琴要怎麼辦？」

空太接著真白的話，再度問了。

「這樣就可以暫時翹掉練習了。啊～只能趁這時候交女朋友啦！空太學長，請介紹對象給我啦。」

伊織爽朗活潑的聲音有些空虛地迴盪在病房裡。現在這份開朗反而令人目不忍睹。

「為什麼……為什麼啊！」

突然抬起臉的栞奈以銳利的眼神瞪著伊織。

「為什麼你還笑得出來啊！明明是很重要的手臂吧！」

「為什麼妳要發飆啊？」

伊織的口氣依然沒變。

「……」

栞奈一副再也忍受不了的樣子沉默了。

伊織也沒再多說什麼。

「……」

令人窒息的沉默充滿整個病房。

「都是我害的……要不是我跟蹤學長姊……」

「哎呀～看來還是得多鍛鍊身體呢。原以為如果是對這傢伙，應該可以輕鬆使出公主抱，結果卻變成這副德性。」

伊織彷彿要蓋過栞奈的聲音大聲說著，還得寸進尺地稍微舉起右手。大概還很痛吧，只見伊織的臉瞬間皺了起來。

寂靜逐漸覆蓋整間病房。

「如果不要管我就好了……」

雖然很小聲，但安靜的病房內還是可以清楚聽見栞奈的聲音。

「你為什麼要出手接啊！這是為了彈琴而存在的手臂吧！現在可不是能讓你受傷的時候！」

「栞奈學妹。」

「為什麼！為什麼啊！」

「琹奈學妹！」

這次空太口氣強硬地插話。

「！」

琹奈彷彿被罵的小孩，渾身抖了一下。

「琹奈學妹，妳有沒有受傷？」

從樓梯上摔下來的琹奈也接受了診療。

「沒有……」

「那就得向伊織道謝啊。」

真白輕輕碰了琹奈的肩膀。

「唔！讓我擔這樣的責任，我沒辦法道謝！」

琹奈顫抖著大喊，跑出病房。

「琹奈學妹！」

制止的聲音已經傳不到她耳裡。

「算了，她說的也沒錯。」

回過頭去，只見伊織在病床上露出一臉沮喪的表情。

「我也是啊，要是因為自己而害姊姊受傷，我絕對會瘋掉。」

「伊織。」

「啊，我沒事。空太學長，那傢伙就拜託你了。」

雖然伊織帶著笑容，但在空太眼裡看來卻只像是受了傷。

不過正因如此……

「我知道了。包在我身上。」

空太如此說完，便與真白離開了病房。

原以為或許已經回去的栞奈，身影出現在醫院中庭。

「空太，那邊。」

朝真白手指的方向看去，栞奈孤零零地坐在長椅上。

空太慢慢走過去，不發一語地坐在她身邊。

「我的個性真的很差勁呢。」

「……我了解妳的心情。」

「……」

「要是我害真白受了嚴重的傷，大概會被罪惡感壓垮。」

真白與栞奈都默默聽著空太說話。

「不過啊，我認為伊織並沒有責怪栞奈學妹的意思。」

「那還不如責怪我，我才會覺得比較輕鬆！」

「是啊，那樣的話絕對會比較輕鬆吧。」

「明明是不知已經奉獻給鋼琴多少年的手臂……為什麼……」

「因為事出突然，所以沒想那麼多吧？只是因為覺得危險，身體就自己動了起來……」

「可是……」

「多虧如此，栞奈學妹才沒受傷。」

「……」

栞奈仍然看著地面，一動也不動。也許無法輕易就振作起來吧。即使面對自己的痛楚能變得堅強，對於別人的傷痛卻束手無策。這種心情無從宣洩。

「為什麼……」

栞奈輕輕嘀咕。

「為什麼學長也不怪我呢……」

「……」

空太沒有回應，反而轉移了話題。

「那個啊，栞奈學妹。」

「是……」

「不好意思，可以請妳跑個腿嗎？」

「好……」

「想請妳回櫻花莊幫伊織拿換洗衣物過來。先拿個兩、三天的分量應該夠用。」

「……我知道了。」

感覺就連拒絕的氣力也沒有的栞奈從長椅上起身，就這樣踩著茫然若失的腳步，往醫院外頭走出去。

「我也去。」

真白準備追上栞奈。

「拜託妳可別迷路了喔。」

「我會跟著栞奈。」

「那麼，就麻煩妳了。」

真白用力點了點頭，小跑步追上栞奈。在完全看不到兩人的背影之後，空太也起身準備回伊織的病房。

轉身朝向病房大樓，發現千尋就站在幾公尺前。

「老師。」

「你也已經有學長的樣子了啊。」

「什麼意思啊？」

「竟然會叫長谷跑腿，還挺有一套的嘛。」

「您在說什麼？」

空太乾脆地裝傻，千尋卻哼笑一聲。

「你一定是為了讓她不要去想些有的沒有的事，才找事情讓她做吧。」

「被這麼解讀讓人很難為情，請不要刻意說出來。」

「多虧你，我的工作變少了，算是幫了我大忙。」

「工作請認真做喔。」

空太帶著有些傻眼的眼神向千尋抗議。

「我有在工作啦。像是入院手續，還有跟他的父母親聯絡。」

後者真是讓人提不起勁的任務。

「神田要幫我做嗎？」

當作沒聽到。

「跟伊織的父母親聯絡上了嗎？」

「跟他的母親說過了。」

「結果呢？」

千尋沉默了好一會，也許是在煩惱該不該說。

「……我說了伊織骨折的事，她果然嚇得說不出話來。」

「這也難怪……」

也許還比不上姊姊沙織，但畢竟伊織是通過了十幾分之一的錄取率考上水高，因此對他應該也有相當大的期待。

「雖然到這邊應該已經是深夜了，不過會在今天之內抵達。在那之前，姬宮就交給你了。」

空太回應「沒問題」的時機被千尋突然響起的手機打斷。接聽電話的千尋背對著空太走遠。從隱約聽見的對話內容判斷，對方恐怕是伊織的母親。

雖然很在意她們說了什麼，不過更擔心伊織的情況，空太決定回到病房。

「伊織，我進去囉。」

回到病房的空太出聲打招呼後，打開房門。

「咦？空太學長，你不是回去了嗎！」

一看到空太，伊織便一如往常發出開朗的聲音。

「我從來沒說過我要回去吧。」

空太如此回答，在病床旁的摺疊椅上坐下，視線高度變得與剛才一直仰望空太的伊織相同。

「手臂很痛嗎？」

空太的視線落在以三角巾吊著的右手臂，伊織也跟著往下看。

「畢竟已經骨折了嘛。」

「嗯，說的也是。」

「是啊。」

「……」

「……」

也許是因為在病房，對話中斷的沉默總是顯得格外沉重。

「欸，伊織。」

「什麼事？」

「還有沒有其他地方會痛？」

「這倒沒問題。已經請醫生仔細看過了。」

即使在爽朗地說明的伊織面前，空太仍帶著認真的神情。

「比方說這一帶……不痛嗎？」

空太手撫著胸口，又問了一次。

「……！」

這時，感覺伊織緊緊咬牙。即便如此，他仍試圖露出微笑，維持平常的模樣。

「不用再忍耐了。」

「……」

伊織就像在強忍著什麼，深深低下頭。

「因為我知道你的手是不一樣的，跟我這種手完全不同。」

「空太學長……」

伊織勉強擠出的聲音微微顫抖。

「這是累積努力得到成果的手臂吧？每天練鋼琴所得到的成果……」

「……」

伊織臉上已經沒了笑容。

「怎麼可能不懊惱。」

「……！」

伊織肩膀微微顫抖，發出的呻吟聲帶著哭腔。

「……不是的。」

「伊織？」

「不是那樣的！」

仍然低著頭的伊織眼淚掉在床單上。原來純白的地方，灰色水漬逐漸擴散開來。

「我……我！」

自由活動的左手緊握住被固定住的右手，緊抓的手指頭幾乎脹紅……

「我真的心想慘了……手臂開始痛的瞬間，眼前一片黑，我心想糟了，真的覺得完蛋了！」

猛然坐起身的伊織臉上已經滿是淚水。

「就連在救護車上，我也一直在想這是在作夢吧！」

「伊織。」

「可是……可是，我卻！」

伊織的聲音響徹寂靜的病房。這更加深了空太胸口的糾結痛苦，因為已經深刻感受到伊織的心情。

「現在卻在想著相反的事！心裡想著，這樣就有藉口了……」

「……」

「想到有理由可以不參加七月的比賽而感到安心！不用參加三年前姊姊得到第三名的全日本比賽！」

「……」

「既然手骨折了，大家也會認為那也沒辦法……有了放棄鋼琴的理由……我、我……！」

「伊織……」

起身的空太輕輕將伊織的頭攬向自己。

「我對這樣的自己感到很懊惱！」

伊織緊抓著空太，使空太全身都感受到了他的痛哭。

「伊織真堅強。」

「我根本一點也不堅強！」

聽不清楚的聲音幾乎已經不成句。

「這份懊惱，就是伊織堅強的證明。」

伊織能好好面對自己的內心，確實面對不想看到的自己。如果這不叫堅強，又會是什麼呢？

「空太學長……我、我……」

伊織的聲音、身體及心靈顫抖著，彷彿要吐出懊悔般不斷哭泣……

這天晚上，因為伊織的事而晚回家的空太等人在櫻花莊的飯廳吃遲了的晚餐。時鐘顯示還差幾分鐘就十一點了。

餐桌上有千尋、栞奈、空太、真白，就連美咲也在。曾經回來拿伊織換洗衣物的栞奈與真白，似乎是在櫻花莊前碰巧遇到了配音工作結束後回來的美咲，美咲便開車送她們到醫院。

十點過後，伊織的母親抵達醫院，空太等人就先把之後的事交給她，搭美咲的車回到家。

從大阪過來的仁則因為明天還有大學的課，似乎搭了最晚的新幹線回去了。

大家大概都餓了吧，每個人都集中注意力消滅眼前的食物。

收拾得差不多之後，千尋突然提出：

「那麼，正好全員都到齊了，來召開櫻花莊會議吧。」

「赤坂不在，而且當中還混了一位隔壁鄰居喔。」

姑且冷靜地提出質疑。

「我是櫻花莊的榮譽住宿生喔～～！」

什麼時候變成那種東西了？

「是我昨天自創、我昨天決定的喔！」

美咲主動回答沒人提問的事。該不會是內心的聲音被聽到了吧？不愧是外星人。

「老師，會議要討論什麼事？」

空太提出這個疑問。

「當然是有關姬宮的事。」

聽到這個名字，栞奈肩膀抖了一下。

栞奈回來之後一句話也沒說過，總是低著頭，機械性動著筷子，大概也食不知味吧。只有她盤裡的食物還剩下一大半。

「既然骨折的是慣用手，要是沒有人照顧，可是會很不方便喔。」

千尋說著打開新的罐裝啤酒。

「伊織的母親會一直待在這裡嗎？」

「她是說過在手術結束後到出院前這兩週，會暫時住在附近的飯店……拆石膏到完全痊癒還得花上兩、三個月喔？總不可能一直待在這邊吧。而且她好像還有工作。」

「那麼，負責照顧小伊織的工作就誕生囉！」

帶著喜孜孜的表情猛然起身的美咲，不知為何盯著空太。千尋也是如此，還感覺到坐在身旁的真白緊迫盯人的視線。至於她們想做什麼，事到如今不用問也知道。如果考慮到現在櫻花莊的成員，答案自然就迎刃而解了。能夠負責這個工作的人相當有限。

「呃，那個，我是可以負責啦。」

「不過，不會全部都推給你一個人做啦，這次你可以放心。」

千尋將剩下的啤酒一飲而盡。

「算我拜託妳們啦……」

「好～～負責照顧小伊織的工作決定好了～～！」

這時彷彿要蓋過美咲的高聲宣言，傳來緊張的聲音：

「我來負責。」

所有人的視線都集中在栞奈身上。

栞奈現在也還一臉鑽牛角尖的表情，直盯著桌面上的一點。不，她盯著的恐怕是其他的什麼東西。

「這是我的責任，我來負責。空太學長已經三年級了，應該有很多事要忙。」

「不用在意我啦。」

栞奈沒有回答。

「……」

打算以沉默貫徹自己的意見。

「還是先跟長谷妳確認一下。妳真的明白嗎？要幫忙換衣服、洗澡，還要洗更換衣物喔？」

千尋說的話聽起來就像是「妳做不來吧？」的意思。

即便如此，栞奈仍然說了：

「我來負責。」

大腿上緊握的拳頭微微顫抖。她頑固的態度在空太眼裡看來非常危險。

恐怕千尋也有同樣的想法。

「還是不能交給妳。」

她斬釘截鐵地拒絕了。

「為什麼！」

露出情緒性反應的栞奈將手撐在餐桌上站起身。

「因為妳是連這點事都不懂的小孩了。」

「！」

「想搞清楚的話，可以去問問神田。」

千尋離開座位後，毫不在意對話還沒結束便走出飯廳。

「老師！」

完全不理會栞奈沉痛的呼喚。

栞奈無處宣洩的情緒理所當然地將才頭轉向空太。

看來像是瞪人也像泫然欲泣的眼眸。

「老師想說的是，要是對方以贖罪的心境照顧，伊織也會受不了吧。」

「！」

空太原原本本地說出自己的感受，栞奈的眼角便浮現出淚水。

「不然到底要我怎麼做！」

栞奈拚命忍住眼淚，發洩出情緒。

「很普通地……就像以往一樣對待他就好了。」

「咦？」

大概是對空太說的話感到很意外，栞奈的表情一下子放鬆了。

「不過，我覺得這一點是最困難的。」

空太如此補充。

人與人的關係會因為許多契機而有所改變。而且，這些已經產生變化的關係或情感難以恢復原貌。

「很普通地……如果我能像以往一樣對待他，那麼，這工作就可以交給我來負責嗎？」

空太沒能立刻點頭。說起來雖然簡單，卻不是那麼單純的事。空太因為與七海的關係，正深刻感受到「不去在意對方」的困難度。

不同於空太的想法，美咲率先舉手表示贊成：

「我沒有異議～～！」

「我也贊成。」

就連真白也贊同了。

「學姊，連真白也這樣！」

空太正想要大家冷靜點……

「栞奈。」

因為真白開口說話，因而錯失時機

「什麼事？」

「有辦不到的事就說出來。」

還以為她要說什麼，沒想到居然是假正經的發言。有點……不，是相當令人意外，不過同時也感到很高興，心裡覺得溫暖。

正當空太沉浸在如此溫暖的感情時，真白泰然自若說道：

「空太什麼都會幫忙做。」

「為什麼這種話是由妳來說！」

「因為我是空太的女朋友。」

「什麼！我說妳喔……」

「空太的東西就是我的東西。」

對自己說的話點頭稱是的真白看來莫名自信滿滿。

「……等一下我們再慢慢研究今後的交往方式。」

她究竟是怎麼看待空太的？

「在炫耀兩人的感情嗎？」

栞奈的語調平淡，一臉受不了的表情。看來她正逐漸恢復平常的作風。

「空太學長覺得如何呢？」

「什麼如何？」

「加上附帶條件的話，我就能擔任了嗎？」

「喔，在說這個啊？」

「……請振作一點。」

栞奈露出輕蔑的眼神，已經完全恢復平常的樣子了。

「如果妳答應我不會全部都一個人背。」

「我答應你。」

「好～～！就決定由光屁股負責照顧小伊織了～～！」

六月十九日，星期天

這一天的櫻花莊會議紀錄上如此寫道。

——照顧為了幫光屁股而骨折的小伊織的工作，決定由光屁股負責～～！但是！要是有什麼

事就要立刻向學弟求救喔！書記．三鷹美咲

——為什麼是學姊寫會議紀錄啊！追加．神田空太

——記錄請修正如下。「照顧骨折的姬宮伊織這項工作，決定由長谷栞奈擔任。」追加．長谷栞奈

——駁回！追加．三鷹美咲

——空太學長，請救救我。追加．長谷栞奈

——抱歉，我幫不了妳。追加．神田空太

——話先說在前頭，我可不是為了這種愚蠢嗜好才做會議紀錄的。追加．赤坂龍之介

2

待手腕消腫，入院四天後的六月二十三日進行了伊織的手術。

雖然聽說是極簡單的手術，不過「手術」這個字眼具有強烈的壓迫感，在還沒順利結束前，空太的心情始終靜不下來。

就連伊織在當天也相當緊張的樣子，去探望他時話也變少了。

儘管如此，手術一旦結束又一副完全沒事的樣子。隔天二十四日空太去病房探病時，伊織興奮地說：

「空太學長，住院真不錯耶！每天都有豐滿的護士姊姊散發著香氣叫我起床，然後溫柔地握住我的手耶。」

「那只是量體溫跟測脈搏而已。」

即使被栞奈潑冷水，伊織也完全沒有喪氣的感覺。

「那個大姊姊一定有E罩杯以上！Elephant的E！」

他開心地繼續說著。

「順便問一下，那F又是什麼？」

有精神是好事，空太便稍微搭了腔。

「Fantastic啊，你不知道嗎？」

口氣聽來彷彿這是胸部界的常識一樣。

「抱歉……那麼，G呢？」

「Great！」

「H呢？」

「Heaven！」

「謝了，讓我上了一課。」

「A則是不可思議的A（註：原文羅馬拼音為A開頭）。」

伊織連沒人問的事都回答了，而且還若無其事地看向栞奈的方向。

「不可思議的是你的存在吧。」

栞奈理所當然地以彷彿看著垃圾的視線望向伊織。

「真是個笨蛋。」

手術後改變的並不只有伊織。手術前，栞奈的表情相當緊繃，手術結束後的現在，她已經逐漸恢復平常的樣子。

這樣看來，把「照顧伊織」這項工作交給栞奈應該也沒問題。

結果反而是空太擔心兩人的狀況，所以幾乎每天都會到醫院來。

有時是上完課先帶真白回櫻花莊再到病房，也會與真白一起在放學後去探病。

不管是哪種狀況，幾乎都是栞奈先到，坐在摺疊椅上不發一語地看書。

每天病房裡也同樣都會看到伊織母親的身影。氣質優雅，給空太沉穩的印象，一旦主動攀談，空太就會有些緊張。

伊織的母親剛開始似乎誤以為栞奈是伊織的女朋友，某天空太去探病時，還因為這個話題聊開了。

「啊，空太學長，請你聽我說啦！我媽媽居然還問我這個是不是我女朋友這種像在作夢的問題啦！」

「不要用手指著別人。還有，用『這個』來形容很失禮，不要這樣。」

「光是被媽媽以為我喜歡這種洗衣板，真想死了算了。」

「那就去死啊。」

「栞奈跟伊織感情真好呢。」

看著這樣的兩人，真白毫無自覺地火上加油。

「光是被以為我跟這種洗衣板感情很好，就真想死了算了……」

「那我就來幫你。」

栞奈用替換的三角巾勒住伊織的脖子。雖然這樣子在空太眼裡看來也覺得感情很好，不過要是說出口就會埋下新的火種，便決定保持沉默。

另外，也曾碰巧遇上栞奈正在餵伊織吃飯。

「來，啊～」

栞奈帶著冷漠的眼神，把筷子送到伊織嘴邊。

「明明是夢想中的場景，為什麼會這麼空虛啊？沒錯，都是因為絕壁女毫無魅力。」

伊織望向遠方，嘀咕著發牢騷。

「你很煩耶。快張開嘴。」

栞奈筷子上夾的是不合時節的關東煮，竹輪還冒著熱氣。她不容分說就想塞進伊織嘴裡。

「燙！好燙！惡魔，妳一定是惡魔！」

「唉……」

栞奈無可奈何似的對著竹輪吹氣。

「外表看不出來，沒想到妳會做這麼可愛的事啊。」

不說還沒事，都怪伊織多嘴。

栞奈默默地把竹輪放回碗裡，筷子伸向熱騰騰的半片（註：魚漿製品）。

「哇～～等等！妳想幹什麼？放下妳的凶器！空太學長，拜託快換人啦！」

伊織拚命哀求。

「這樣好嗎？我可是男的喔？」

「絕對比這傢伙好！」

被伊織指著的栞奈看來非常不高興。而且麻煩的是，空太還陷入被栞奈狠瞪的困境。

即使在這樣兵荒馬亂之中，空太也確實做了該做的事。就連在前往醫院的路上，他也在思考遊戲的點子；在伊織的病房裡則複習當天課堂上教的內容，為即將來臨的期末考做準備。

雖然距離發售日晚了好幾天，不過他也悄悄地在書店買了真白的漫畫單行本。

在新書區只剩下一本。

不知道是原本貨就進得比較少，還是賣得很好。這天，空太一邊想著如果是後者就好了一邊離開書店。

到了週末，就跟真白出門約會。雖然只是隨意逛逛這樣簡單的事，但不可思議的，只要兩人在一起，原本不甚特別的事也會感覺很特別。因此儘管只是兩人在一起，卻能度過快樂的時光。

接著過了一個星期，來到六月二十七日星期一。

一到中午休息時間，空太就來到水高校舍屋頂跟真白一起吃便當。

接連好幾天都是陰雨濛濛的天氣，而今天雖然稱不上是萬里無雲的大晴天，卻也看得到清爽的晴空。空太感受到夏季來臨的氣息。

「欸，空太？」

「什麼事？」

「這是粗絞肉？」

真白用筷子夾住迷你漢堡肉。

「是普通絞肉喔。」

「這樣啊。」

「順便一提，是牛豬混和的絞肉。」

「我是牛，空太是豬？」

真白問了奇怪的問題，空太不禁歪著腦袋。

「抱歉，妳在說什麼？」

「不是粗絞肉，是幽會（註：粗絞肉與幽會日文音近）。」

「……」

剛剛可能搞錯了什麼。

真白一開始應該是想說「幽會」，不過可能是腦內發生了什麼革命，對空太說出口的變成了「粗絞肉」。

況且，也受到眼前有迷你漢堡肉的影響，空太以為真白是在說肉的話題……看來似乎並不是這樣。

「志穗問我。」

「喔，她問了什麼？」

「她說『妳今天也要跟空太粗絞肉啊』。」

「是幽會吧！」

「這個就是幽會？」

「只是一起吃中餐而已！」

「那麼，我會這麼告訴志穗的。」

「不，不用特別向她說明啦。」

真白一口咬下迷你漢堡肉，一個勁地猛嚼，吞下去之後又開口說話了：

「欸，空太。」

「這次又是什麼事？」

空太將寶特瓶茶飲靠近嘴邊。

「為什麼不吻我？」

「噗～～！」

含在嘴裡的茶全都噴了出來，被嗆得咳個不停。

「妳、妳幹嘛突然說這個啊！怎麼了？」

真白噘著嘴唇，露出看似不滿的表情。空太即便不願意，視線還是會飄過去。他為了不要意識到，將視線大大移開。

「這、這裡可是學校耶。」

空太說完正經的意見後，真白以眼神示意隔壁的長椅。

一對三年級情侶檔坐在隔壁的長椅上。大概是有其他事吧，先站起身的男孩子說「我去去就回來」，並輕輕吻了女孩子後便離開了。

「……」

「……」

空太與真白之間瀰漫著難以形容的氣氛，從不斷眨眼的真白身上感受到無言的壓力。

可以把這當作第二次接吻的機會吧。不過還有其他學生在，要在人前接吻仍令人有點猶豫。

話說回來，要是錯過了這次機會，下次不知何時才會再有。空太的父親曾說過，機會是不等人的。如果因為還沒準備好就躊躇不前，就不會再有下一次的機會……

在此就先遵循父親的教誨吧。

空太如此下定決心的瞬間，真白隨意放在長椅上的手機突然響了起來。

「噫！」

因為正沉浸在思考當中，空太忍不住發出怪聲，差點從長椅上跌下去。

一旁的真白確認手機螢幕。

「是綾乃。」

真白的漫畫責任編輯，全名是飯田綾乃。

「妳好。」

真白淡然說著接起電話，接著就是不斷重複「是」與「嗯」，沒有其他措詞，大約一分鐘之後結束通話。

「飯、飯田小姐說了什麼？」

「聽說決定要再版了。」

空太瞬間因為不常聽到的用詞，還沒能掌握到是什麼意思。不過，腦袋立刻想起大概是「再版」吧。

「那就表示單行本賣得很好吧？」

他自然發出興奮的聲音。

「好像是。」

「真是太好了耶。」

空太說完笑了。

「嗯，是啊。」

真白終於也微微露出笑容。

配合要到其他教室上課的真白，午休約會在鐘響前便結束了。空太在連接美術教室的走廊上與真白分開。

「那麼，放學後見。」

「嗯，放學後見。」

空太一直目送真白直到她在走廊轉角消失身影。

一落單之後，空太發出沮喪的嘆息：

「唉。」

很遺憾，這次也沒能接吻。究竟該怎麼做才好？該如何縮短兩人的距離？搞不懂。這實在是一個難題……

「……算了，也沒必要著急。」

空太與真白是男女朋友，有許多兩人的時間，平穩地發展下去就好了。

他說服自己接受，一個人喪氣地走回教室。

途中經過三年級其他班的教室前，碰巧與走出來的某人視線對上了。

對方與空太一樣有些驚訝的樣子。

個子比空太高，偏短的髮型看來很像運動員。空太知道他實際上是游泳社社員。

「喔，神田，好久不見了吧？」

「是啊。」

宮原大地輕輕舉起手，空太也照樣回應。

「話說回來，聽說你開始跟椎名同學交往了？」

「咦？啊、嗯嗯……嗯。」

頭一次被如此正面直接問了，空太作要掩飾難為情般搔了搔頭。

「你在害羞什麼啊。」

大地開玩笑地輕戳空太的額頭。

「還不是因為你突然問了。」

「……欸，神田。」

大地稍微降低音調，神情已經沒有剛才調侃的意思。他直率的眼裡映著空太的身影。

空太因此也毫不敷衍地回問：

「什麼事？」

「你知道青山的心意了吧？」

在喧鬧的走廊上，唯獨大地的聲音聽來格外清晰。

唐突的問題，完全是突如其來的狀況。然而，空太卻意外地沉著冷靜。

「……我知道了。她清楚對我說過了」

所以他以沉穩的聲音如此回應。

「……」

大地默默地聆聽。

「所以就像你說過的，得清楚做個決定。」
沉默了一會，大地再度開口：
「這樣啊。那就好。」
表情一下子放鬆了，浮現自然的微笑。
「一年級的時候，真的過得很快樂呢。」
大地的眼角溫柔地垂下。
「神田撿了白貓……還在一般宿舍照顧了好一陣子。」
「是啊。」
「還擔心會不會被舍監發現，每天都得提心吊膽。」
「真抱歉啊，還把你牽扯進來。」
「幹嘛道歉啊？我不是說了嗎？那時過得很快樂。」
「說的也是。」
空太不禁露出苦笑。
「那時，還有青山……一開始明明很反對，但那傢伙很認真，所以很擔心貓吧。」
沒錯，確實如此。
那些日子，現在感覺起來彷彿已經是很久以前的事了。

在那之後過了兩年。該說是已經過了兩年，或是才過了兩年……就空太而言，是已經過了兩年的感覺。

因為從那之後到現在的期間，發生了許多事，誕生了無數重要的回憶，因此感覺充實。

「希望有一天……」

大地從走廊上的窗戶望著遠方的天空。

「要是三個人能像那時一樣在一起就好了。」

「是啊。」

空太也盯著天空的遠處。那是一片會讓人覺得未來一定就在那個方向的清爽晴空。

與大地分開，回到三年一班的教室時，熟悉的馬尾背影率先映入眼簾。教室內側……即便站在窗戶邊，俏麗的馬尾還是相當顯眼。

大概是才剛與大地聊了一年級時的往事，空太胸口微微一震。

令人意外的是，七海似乎正在和坐在最後一排的龍之介講話。

班上同學大概也感到很在意，不時瞥眼看向他們。

正當空太煩惱著該不該回座位時，兩人似乎說完了，七海聽到朋友高崎繭的呼喚，穿過另一扇門到外面走廊上去了。

這次換空太走向龍之介。自己的座位就在龍之介前面，所以沒有任何不自然。

空太坐下後，後方傳來「喀噠喀噠」敲筆電鍵盤的聲音。

空太挪動身體轉向側邊，說出在意的事：

「青山說了什麼？」

「她問了有關鳥窩頭的手臂狀況。」

龍之介沒有停下手的動作，漠然回應。

「那個，我可以當作你所謂的鳥窩頭是指伊織嗎？」

空太隱約想像伊織的腦袋。

「不然還有誰？」

「我認為這世上可能會有更適合這綽號的人存在喔。」

「現在周遭沒有這樣的人，以標籤來說已經具備充分的機能。」

這種時候，綽號已經無所謂了吧。空太並不是想問這種事。

「那個……赤坂你怎麼回答青山？」

「我回答雖然是需要動手術的開放性骨折，不過上個星期已經順利完成手術，本人看起來也很有精神。還補充說，一直到手臂的異樣感消失為止，包含骨頭再生後的復健，大概需要半年的時間。」

「這樣啊。」

「還有，綁馬尾的說她想去探病。」

「伊織會很高興的。」

「所以她拜託我，如果知道你哪一天不會去探病再告訴她。」

「……」

空太一時語塞。

停下手邊工作的龍之介，從電腦螢幕上抬起頭來。

「神田，我要抱怨一件事。」

「說吧。」

反正就算阻止，龍之介還是會說出口吧。

「我不是你跟綁馬尾的傳話筒，有什麼想問的事就直接去問本人。」

「……你總是能說出最有道理的話呢。」

「是誰逼我說的？」

「是我吧……」

「明白了就給我改善現在的狀況。」

「抱歉，唯獨這一點是不可能的。還需要時間，所以啊……她要是問你伊織的事，希望你盡可能仔細回答她。」

「……」

龍之介什麼也沒說。不過既然他沒拒絕，應該可以當作是答應了吧。

「我也有事要問神田你。」

「什麼事？」

「企劃進行得怎麼樣了？」

空太從桌子拿出構想筆記本給龍之介看。

過了一會才說明自己的想法。

「雖然我想了很多，不過還是想用RHYTHM BATTLER的改良版去參加。」

「……」

龍之介掃過筆記本上的其他構想。

「就企劃的完成度來看，這確實是最好的一個。不過……」

「不過？」

「之前因為不需要兩個音樂遊戲的理由而被刷掉的事，你已經忘了嗎？」

「我當然還記得。」

那種不甘心怎麼可能忘得了。

「既然知道了，你還決定要做『這個』，主要是什麼樣的理由？」

闔上筆記本的龍之介直盯著空太。

「最主要的理由嗎……」

空太說著捫心自問，接著立刻察覺到某種情感萌生，只不過要說出口還需要一些勇氣，更不用說對方是龍之介了。

「沒有理由嗎？」

龍之介發出不高興的聲音。不，因為他微瞇起眼睛，所以連表情看起來都不太高興。

「你不能生氣喔。」

空太先把話說在前頭。

「是會惹我生氣的理由嗎？」

「總覺得不能否定這個可能性。」

「別賣關子了，浪費時間。」

聽到龍之介這麼說，空太下定決心。

「因為我想做這個，就是最主要的理由。」

空太毫不掩飾地向龍之介說出真心話。

「……」

龍之介什麼也沒說，依然盯著空太的眼睛。

「赤坂？」

空太受不了沉默，主動催促了起來。

「這樣啊。那我知道了，就準備以RHYTHM BATTLER的改良版參加吧。」

「咦？可以嗎？」

對於意料之外的反應，空太不禁傻眼。

「關於遊戲難易度與操作的平衡感，還能藉由經驗累積與我的指正來修改。不過，我無法控制神田創作的動機。雖然完全是小孩子的發想，不過『想做』倒是不能小覷。」

「你在瞧不起我吧？」

「沒錯。」

「你的言行就時常在對我的動機潑冷水啦！」

「那麼，今天已經是六月二十七日，到下個月十日截止前沒多少時間了。趕快確認參加之前的步驟吧。」

雖然仍感覺無法釋懷，不過空太決定不去在意了。比起那些事，龍之介有了幹勁更重要，也更能推動空太的動機。

「首先，由我把這個企劃製成程式的形式。」

「喔喔。」

「神田去抓出實際作業總量與期程規劃。」

「呃，等一下……不用整理參加的資料嗎？」

「那種東西只要隨便把筆記本上的資料謄寫過去就好了，一個小時就可以完成吧。」

「呃，可是，後面還要做簡報耶？」

如果不進行到一定的程度，實在沒自信可以面對評審委員的壓力，還能流暢地說明。

「在十日之前，我會準備好試作版。」

「啥？」

「神田只要邊玩邊說明是怎樣的遊戲就可以了。」

「你是說真的嗎？」

「『Game Camp』的參加要點中寫了『可使用試作版』，沒有不善加利用的道理吧。」

「話是這麼說沒錯啦……」

有誰想得到從現在起不到十天的時間要準備試作版？至少空太想都沒想過。

「我會教你如何讓新的遊戲主題企劃通過。」

露出無畏笑容的龍之介看起來實在很可靠。

連空太也開心了起來。

「問題在於各種素材……嗯，試作版的角色資料，拿女僕的來用就行了……」

龍之介露出耐人尋味的眼神。不用問也明白他的意思。

「音樂嗎？」

「你打算怎麼辦？」

當然，龍之介問的是要怎麼處理伊織的事。

「……」

「雖然試作版也可以用免費音源來處理就好，不過，當然就企劃的性質來看，評審委員會很注意音樂部分喔。」

「我知道了。今天去探病的時候，我再跟他談談看。」

在話說完之前，午休結束的鐘聲響起。

3

這天放學後，班會時間一結束，空太叫住了準備走出教室的龍之介。

「欸，赤坂。」

下午的課堂上，空太突然想起了一件事。

「什麼事？」

「我要去探望伊織……你要不要一起去？」

「理由說來聽聽。」

「因為他是未來有可能成為團隊成員的對象吧。」

大概很難說服他，空太已經有心理準備會得到「浪費時間」這種斬釘截鐵的拒絕。

然而，龍之介的反應卻出乎意料。他煩惱了一下回答：

「……原來如此，好吧。」

「咦？好嗎？」

「神田你為什麼對自己說的話沒有自信？」

「你才是吧。今天是吹了什麼風啊？」

「我只是認為，如果是未來有可能會成為團隊成員的對象，有必要去確認一下狀況。」

龍之介用空太的話來回應，空太忍不住愣了一下。他說的確實有道理，不過有種怪怪的感覺。總覺得這與空太所熟知的龍之介有些不同，雖然也不太清楚是哪裡不同……

「不去的話，那我就回家了。」

「啊、不，當然要去。」

空太從背後推著龍之介，兩人準備從後門離開教室。

「神田，別碰我。」

「有什麼關係，反正都是男的。」

「就某種意義來說，這樣才更噁心。」

「你還真敢說……」

兩人剛到走廊上就被前門那邊的人叫住了：

「神田同學，有人找你！」

聲音的主人是同班同學高崎繭，嬌小的身軀跳著強調自己的存在。在她身後，有兩張熟悉的臉孔。

兩個都是與伊織同屬音樂科的一年級生，武里直哉與春日部翔。

「你好。」兩人向空太點頭致意。

因為繭的關係，莫名引人注意，因此空太說「換個地方聊吧」便往前邁開腳步。龍之介一副不情願的樣子，倒也還是跟上了。

眾人在樓梯旁放自動販賣機的地方停下腳步。

「那麼，找我有什麼事？」

即便空太這麼問了，直哉與翔還是沒有要開口的跡象。

「……」

「……」

空太在自動販賣機投入零錢，按了兩次按鈕，將掉出來的鋁箔包飲料遞給他們兩人。

「啊，不好意思。」

「謝謝。」

龍之介在背後問：「沒有我的份嗎？」不過他自己已經買了番茄汁，空太決定當作沒聽到。

「應該是要問伊織的事吧？」

「是的……那傢伙還好嗎？」

微低著頭的直哉將滑落的眼鏡向上推；旁邊的翔則戳了吸管，喝著飲料。

「上個星期已經順利完成手術……嗯，還滿有精神的。」

「這樣啊。」

談話的空檔，直哉將吸管戳入鋁箔包。

「在意的話，去看他不就好了？」

覺得怎樣都無所謂的龍之介插嘴。

「去看他有點……對吧？」

娃娃臉的翔向直哉徵求認同。直哉露出似乎有些困惑的笑容，只是曖昧地點點頭。

「那個……他沒事就好。謝謝學長的飲料。」

深深鞠躬致意後，直哉催促著翔，兩位一年級生便離開了。

「不管是綁馬尾的還是他們，都一個樣。」

龍之介把喝完的番茄汁空罐丟進垃圾桶。

「算了，可能有什麼苦衷吧……」

正因為同樣是音樂科的學生，即使有什麼特別的感受也不奇怪。

與兩位一年級生聊完，空太到美術教室去接真白，然後與龍之介三人前往伊織住的醫院。

探頭看了看病房，今天栞奈也先到了。她坐在伊織病床旁的摺疊椅上，正以危險的手勢用水果刀削著蘋果。

美咲在一旁為栞奈加油打氣：

「太棒了，光屁股！只差一點了，光屁股！」

看來她似乎是來探望伊織的。真是個好鄰居啊。

沒看到伊織的母親。

「喔，學弟還有小真白！」

發現有訪客的美咲發出精神飽滿的聲音。果不其然，被路過的白袍醫生要求在病房內要保持安靜。

龍之介最後進入病房。

「啊，DRAGON學長，真稀奇呢。竟然會看到你在外面走動。」

「因為有些雜事。」

龍之介隨意帶過。

「伊織的母親呢？」

空太問道。

「剛剛去洗衣服了喔～～」

美咲這麼說了。而她本人正一邊哼著歌，一邊用油性簽字筆在固定伊織右手的石膏上惡作劇塗鴉。

大概是有興趣，真白毫不客氣地走近，伸出手拿咖啡色的簽字筆畫了起來。仔細一看，竟然是去年文化祭的作品「銀河貓喵波隆」……美咲畫的是敵方的一名大幹部「貓背艾因」，真白畫的則是主角機器人「喵波隆」。

在畫還沒完成前，栞奈已經先把蘋果削好了。原本應該是圓形的蘋果，現在搖身一變，成了多角形，到處都殘留著蘋果皮。剛開始知道的時候還感到很意外，沒想到栞奈竟然很不擅長做料理，似乎是不太有機會自己下廚。

「削好了。」

栞奈用叉子叉著整顆蘋果，送到伊織嘴前。

「這是什麼？」

當然，伊織露出一臉不高興的表情。

「蘋果。」

「這根本就是體操棒或流星錘的錘頭吧！」

「有意見可以不要吃啊。」

栞奈放下叉子。她的小手上貼了兩塊ＯＫ繃。

伊織伸出沒受傷的左手，從栞奈手中搶走叉了蘋果的叉子，張開大口咬下流星錘的錘頭，粗魯地咀嚼後咕嚕吞下肚。

「空太學長……蘋果還真是堅強的傢伙啊。」

伊織以充滿慈愛與溫柔的眼神注視著蘋果。

「可以的話，能告訴我為什麼嗎？」

「即使因為絕壁女的關係成了這副慘狀，卻仍然很好吃呢。」

在他說完之前，栞奈重重敲了他的腦袋。

「好痛～～喔！」

伊織抱怨著。

「手也很痛。」

打人的栞奈也提出不講理的主張。

即使如此，還是姑且當作一切都進行得很順利吧。

「啊，對了，今天在學校遇到了伊織的朋友。」

「直哉跟翔嗎？」

「嗯。」

「他們說了什麼嗎？」

「他們很擔心你的情況呢。」

「……這樣啊。」

伊織的語調往下掉了一些，一臉陰鬱的表情咬著果肉所剩不多的蘋果。

「音樂科的同學都沒有來看你嗎？」

既然直哉跟翔還特別跑來問空太，恐怕是如此吧。

「當然不會來吧。」

「……」

「如果立場反過來，我也絕對不會去探病。因為不知道該說什麼，也不知道該以什麼樣的情緒去面對……」

「這樣啊。」

「光聽聲音就可以知道對方做了多少練習，這種事不能說是事不關己吧。雖然進入比賽就變成競爭對手，不過一旦跟認識的人一起參加比賽，也不會有『要是對方失誤就好了』的念頭……不過也是會有討厭的傢伙，當那種傢伙在演奏時，我還是會盡全力發出『快出錯吧～～！』的怨念就是了。反正，大概就是這樣的感覺。」

「……」

「抱歉，我說得不太清楚。」

這時，對話一度中斷。

「神田，差不多該切入正題了吧？」

接著開口的人是龍之介。他的視線落在手中的平板電腦上，似乎正在確認郵件。

「正題？」

隨著伊織的聲音，真白、美咲還有玶奈也將視線移向空太。這氣氛實在是不容他逃避了。

「呃，伊織。」

「是。」

「要不要一起做遊戲？」

「……」

大概是搞不清楚狀況，伊織眨了眨眼。

率先有反應的人是美咲。她發出「喔喔！」的歡呼聲。

真白則有些不滿似的看著空太。也許是因為自己沒被拜託做什麼，所以有種被孤立的感覺。

栞奈好像露出了有些嚴肅的表情。

「我現在跟赤坂正在準備參加企劃甄選活動。不過真要說的話，其實是今天才正式開始。」

空太從書包裡拿出構想筆記本，攤開放在伊織眼前的桌上。當然，打開的正是寫了許多關於「RHYTHM BATTLER」改良版的那一頁。

「我想說要是伊織願意參加團隊，負責音樂製作就好了。」

「……」

伊織一臉茫然。

「學長，不用在這個時間點提出來吧。」

栞奈以沉穩的聲音指責。當然，空太自己心裡也很清楚。

伊織重要的右手臂骨折了，現在連鋼琴都沒辦法彈。要能完全正常動作，含復健在內需要花上六個月的時間，這項現實就擺在眼前。

然而，空太仍決定提出邀約。

因為他發現伊織住院以來，不僅是鋼琴，連音樂的話題都在閃避……栞奈特意帶來的耳機，伊織也從沒用過，被丟在病床旁桌下的籃子裡，上面自然地鋪著毛巾，讓人不禁覺得是刻意不要讓它進入視野當中。

因此，空太一直想著要是有一個契機就好了。

「為什麼是我？」

過了一會，伊織的反應是提出這樣的疑問。

「學長你們也認識我姊姊吧？既然如此，可以去拜託姊姊……美咲學姊的動畫不是已經證明她的實力了嗎？」

「看來腦袋還有在運作，可以放心了。正如烏窩頭所說，這樣的可行性比較高。」

「喂，赤坂……」

「我只是說出事實而已。」

空太正想要抱怨，已經先被俐落地打斷。

「空太學長，為什麼會找我？」

伊織再度提出同樣的問題。

「因為我覺得要是能跟伊織組成團隊，製作一定會變得更開心吧。」

「……」

伊織沒有出聲，彷彿在等空太繼續說下去。

「……」

然而，坦率地說完意見後，空太已經沒有其他話可說。

「咦？什麼……只有這樣嗎？」

伊織完全傻眼，瞠目結舌。

「啊，當然也是因為信任你在音樂上的能力喔。」

空太慌張地補充。

也許是覺得很有趣，伊織笑出聲來。原本沉默的美咲也忍不住噗嗤笑了出來。

「就某種意義來說，這樣天生少根筋算是神田的才能吧。」

龍之介說出了讓人高興不起來的感想。

真白大概還沒搞清楚整個狀況，不解地微微歪著頭。

只有栞奈直到最後還是一臉複雜地緊閉雙唇。

「空太學長。」

伊織笑完以後用清晰的聲音呼喚空太。

「嗯？」

「請讓我考慮一下。」

「嗯，那當然沒問題。」

「話先說在前頭，這完全不是玩票性質。這一點你要牢牢記住。」

龍之介淡然說出重話補充。

然而，伊織仍然以開朗的語調回答：

「我知道了。」

這時，去收洗滌衣物的伊織母親回來了。

「哎呀，今天也承蒙這麼多人來看他啊。」

她客氣地點頭致意。

「打擾了。」

空太也輕輕點頭。

「沒辦法招呼各位，還請隨意跟伊織聊天。」

她如此說完便在裡頭的桌上摺起拿回來的乾淨衣物。栞奈率先開始幫忙。

畢竟還是不習慣男性的內褲，她的表情僵硬，但還是只花了幾分鐘就收拾完畢。

看了房裡的時鐘，即將來到一般探病結束時間——下午六點。

就在這時候……

伊織的母親悠悠說出口：

「欸，伊織。」

「嗯？什麼事？」

「我昨天跟爸爸通過電話了……」

似乎有些難以啟齒。

「到底是什麼事？」

「……你可以放棄鋼琴。」

這句話緩緩靜靜地……在病房裡渲染開來，逐漸到達最深的地方。

伊織想了很久，終於開口：

「……我知道。」

究竟是「知道」什麼？是理解父母的意思還是伊織自己的心情，或是自己所處的艱困狀況呢？搞不好都不是，也搞不好都是。空太無從得出結論。

然而，已經沒有足夠的時間去解決這些疑問了。

天花板上的喇叭傳出通知探病時間結束的旋律。在音樂還沒結束前，巡視病房的護士便告知：「今天探病時間已經結束了喔。」無法繼續待在病房了。

「那麼，我們會再過來。」

空太等人離開了病房。

美咲開車載大家從醫院回家。

她坐在駕駛座，真白坐在副駕駛座，空太與龍之介則坐在後座。栞奈之後還約了小說的責任編輯討論，所以在醫院附近跟大家分開，據說是約在車站前的咖啡廳。

移動中的車內還留有先前病房裡的氣氛，即使美咲一個人哼著喵波隆的歌也揮之不去。

「看那樣子，鳥窩頭可能沒辦法參加吧。」

龍之介感到無趣似的望著窗外。

空太也有同樣的想法。說起來確實理所當然，鋼琴的存在對伊織而言有多重要，同時又有多沉重。從以前到現在一直在自己身邊，就像自己的另一半吧。不，也許鋼琴就代表了他自己，就像繪畫之於真白。而伊織即將失去鋼琴。

「你打算怎麼辦？神田？要放棄參加甄選嗎？」

「不，無論伊織怎麼決定，我都要參加。」

空太透過後照鏡發現真白正在看著自己。

「因為要是錯過這一次，不知道還會不會有下一次。」

「空太，一定要通過。」

真白喃喃說著。

「真白？」

空太回問，身旁卻立刻傳來聲音：

「就算鳥窩頭決定參加，如果企劃沒通過審查，根本連製作都不用。確實必須通過審查。」

「嗯……是這樣沒錯。」

心情上輕鬆了一些。

「好～～那麼，回去就要馬上開始做囉，學弟！」

「咦？就說美咲學姊不行啦！」

「才不會不行！」

美咲很有男子氣概地駁回了。

「就現狀來看，試作版的繪圖素材還不夠。」

「說得好，DRAGON！」

「我也要畫。」

該說是果然不出所料嗎？連真白也說出這種話。

「不，這更不行了！妳給我專心畫漫畫。」

「就現狀來看，要用在參賽資料上的繪圖素材還不夠。」

「說得好，DRAGON。」

看來DRAGON這個詞似乎開始流行起來了。

龍之介被空太斜眼瞪了。

當然是抗議「居然這麼多嘴」的意思。

「我有說錯什麼嗎？」

「沒有。」

「那就不要用不爽的眼神對著我。」

對於龍之介一如往常的態度忍不住笑了出來。

回過神來，車內已經完全恢復開朗的氣氛。

正因與其他人在一起才能轉換心情，因為櫻花莊的夥伴們在一起才能積極向前。空太一邊想著要是對伊織來說也是這樣就好了，一邊露出笑容。

「神田，你的表情很噁心。」

「不要糟蹋我的好心情！」

「真的耶。」

「連妳也這樣嗎！真白！」

「Don't mind，學弟！」

「我的笑容有這麼難看嗎……」

4

向伊織提出邀約的那一天起，空太便開始整理參加甄選用的企劃書。雖然構想筆記本還放在伊織的病房，不過因為內容全都記得，所以沒什麼問題。

關於需要的繪圖素材，向真白與美咲說明後，當場請她們畫了大概的草圖。

「畫好了。」

「畫好了喔，學弟！」

隔天晚上，兩人一起拿到空太房裡實在叫人吃驚。不，實際上並沒有太過驚訝。真白與美咲有多厲害，空太已經不知親眼見過多少次了。

多虧如此，企劃書彙整得以一口氣進行。標題也因為「RHYTHM BATTLER」改良版名稱不太妥當，便改為「RHYTHM BATTLERS」。

同時，龍之介開始進行試作版開發。雖然他說只要十天的時間就行，空太仍多少有些擔心是否沒問題。

然而，龍之介很快便證明空太只不過是杞人憂天。

事情發生在開始開發試作版的三天後。

明明還在班導白山小春的現代國文課堂上，龍之介從後面向空太攀談：

「神田，我大略整理好了。」

空太無法忽視不管，轉過頭去，龍之介將筆記型電腦的畫面朝向他，接著似乎要他試玩看看，以下巴示意「你看」。

液晶螢幕上顯示的遊戲畫面確實如同空太所寫的企劃書內容，而且要是放著不管就會自動開始示範玩法，二頭身女僕俐落地打倒成群結隊的圓滾滾可愛怪物。

真的已經做出來了。

實在教人吃驚。

不過現在正在上課這件事更令人吃驚就是了……

「喂，赤坂。」

「幹嘛？」

「小春老師已經暴青筋瞪著這邊了，還是等休息時間再玩吧。」

「哼，真沒辦法。」

龍之介泰若自然的態度完全不受影響。

「那麼，我先做點簡單的調整。」

看來似乎完全沒要聽課的打算。

「神田同學，可以請你一個人從現在這一頁一直唸到最後一頁嗎～～？」

小春臉上雖然在笑，卻是皮笑肉不笑。

「為什麼是我……」

完全是飛來橫禍。

「唸完以後，還要整理出要點來說明喔～～」

又被追加工作了。看來不要多嘴才是為自己好。

這完全是龍之介害的，才會落得這麼慘的下場。

因此，空太決定下課要好好抱怨幾句。但就在玩著剛完成的試作版時，原本焦躁的心情已經不知飛去哪了。

做得實在太好了，無法想像才三天的時間就能做出這樣的內容。

不過，總覺得跟想像中的樂趣本質有些不同。

這樣只能算是如法炮製無雙系動作遊戲而已。

「覺得如何？」

「剛開始很有趣，不過可能很快就會膩了。」

空太直接說出自己的感覺。

「我有同感。還需要追加一些構想吧。」

「說的也是……」

這天起，空太開始跟龍之介討論要如何追加構想。只要一有不錯的想法就立刻加到試作版，透過試玩確認，兩人不斷重複著「這也不行、那也不對」的討論。

始終沒有適合的構想，也會有感到焦慮的時候。不過比起焦慮，與龍之介共同製作遊戲更讓人覺得開心得不得了。

某天，午休時間在討論追加構想時——

「神田，給我認真想。」

「我有在想啊。」

「不然，你那張竊笑的表情是怎樣？」

甚至還被龍之介糾正了。

空太看著自己映在玻璃窗上的臉，確實是一副喜孜孜的樣子。

「因為跟赤坂你製作遊戲很開心啊。這樣有什麼關係？」

這種充實的心情成為做其他事情的活力，也得以集中精神應對七月三日開始的期末考。當然這也得歸功於事前充分的準備。

這一次的期末考將決定能否獲得推薦直升水明藝術大學。這樣的壓力，空太倒也不太在意。

雖然還有推薦直升的面試，心境上卻能平靜等待結果。

接著，期末考結束的翌日……七月九日星期六，伊織平安出院，回到了櫻花莊。晚餐時舉辦了慶祝伊織出院的火鍋派對，順便也當作期末考結束的慶功宴。參加者除了櫻花莊住宿生，還有住在隔壁的人妻女大學生。龍之介聽說是番茄鍋，也罕見地加入了圓桌，默默吃著番茄。

坐在旁邊的伊織因為從醫院飲食獲得解放，看起來很開心。雖然還有些不靈活，不過也能用左手握筷子了。或許他意外地很靈巧。

「對了，空太學長。」

伊織用筷子夾住番茄，彷彿想起什麼似的開口。

「前天青山學姊有來看我耶。」

「喔，這樣啊。」

空太斜眼瞥了龍之介。因為考試期間比較疏於去醫院，也許是他告訴七海的吧。

「然後，我忍不住想了一下……」

伊織突然露出嚴肅的表情，放下筷子，從石膏上方緊握住骨折的右手。是對鋼琴有了什麼想法嗎？

「要是拜託誰用胸部夾住，說不定我的右手就會好了。」

教人吃驚的是，伊織的表情極為認真，前一刻應該還只是在聊七海去探病的事……還是因為看到七海的胸部，有感而發嗎？

「你可以現在就去兩國（註：東京都墨田區地名，相撲比賽場所「國技館」即位於兩國），拜託力士們幫你啊？」

如此冷言說著的人，正是淡然吃著熱騰騰番茄的栞奈。

「七月可是名古屋的場子喔，光屁股！」

美咲用靈巧地夾住小番茄的筷子指向栞奈。

「限定女孩子啦！雖然說是女孩子，可是並不包含妳在內。」

如此補充的伊織視線筆直朝向栞奈的胸前。

「妳這輩子應該一次都沒見過自己的乳溝吧！」

空太也不經意望向栞奈。

「空太學長，請不要往我這邊看。」

空太莫名被遷怒了。

終於，就在鍋子即將見底的時候——

「啊，對了。空太學長，這個還給你。」

伊織說著把夾在椅背上的書遞了出去。

封面上寫著《灰姑娘的星期天》，作者是由比濱栞奈。是現在正一起圍著餐桌的長谷栞奈所寫的小說。

「等一下，那個是！」

栞奈罕見地發出了驚慌失措的聲音。

「因為伊織整天嚷嚷著無聊到快死了，所以就借給他了。」

空太收下小說，如此回答栞奈。

「……」

雖然沒有說出口，不過栞奈正以視線訴說不滿。

那是一個在學校和家裡都沒有容身之處的國二女學生的故事。她顧慮周遭、在意他人臉色，懷抱著拘束不自由的心情過著每一天。這樣的她有一天來到可以毫無顧忌的隔壁城鎮，找到了無話不談的真正朋友。然而，這位朋友在現實中是否真的存在，或者只是她的幻想，這本書最後就在沒有答案的情況下結束了。簡言之，並不是一本讀完會覺得暢快的小說。

「我從以前就這麼覺得了，妳還真是陰沉啊。」

伊織直接了當地說出感想。

「原來胸部小，心胸也會變狹小啊，真可憐。」

伊織自顧自的沉吟並點頭稱是。

其間，栞奈責怪的矛頭全指向了空太，以銳利的眼神追問為什麼要讓伊織看那本書。

「不過，妳很厲害耶。」

「哪裡厲害了？」

「這本書不是賣得很好嗎？」

「是啊。」

栞奈冷淡地回答。

至少，栞奈靠著這本書賺到了一筆能自付學費，且像這樣一個人生活的錢。而且不得不這麼做的原因在於母親再婚——這一點空太之前曾聽她說過，她似乎在新的家庭沒有自己的容身之處，所以才會讀有宿舍的水高。

「實在很厲害耶……雖然故事一點都不有趣。」

「就算你沒辦法理解也無所謂。」

不知是不是沒感受到栞奈的不快，伊織又繼續滔滔不絕地說出感想：

「不過，我懂妳的心情呢～～」

「我不記得有寫什麼你看得懂的內容。」

「因為我也常常在想，想要到一個沒有人知道我是姊姊的弟弟的世界去參加比賽呢。」

這毫無疑問是伊織的真心話。正因如此，栞奈聽了這樣的感想也沒再發牢騷。

慶祝伊織出院的派對在凌晨零點的五分鐘前結束。

「姬宮好歹算是病人，或者該說是傷患，你們就差不多到此為止吧。」

先離開的千尋開口這麼說了。

空太迅速收拾餐桌，接下來決定讓伊織洗澡，名義上是協助負責照顧伊織的栞奈。

「我、我也做得來……不過就是男孩子的裸體而已，沒什麼……」

栞奈大概是使命感使然，剛開始還稍微臉紅地這麼說。不過，當伊織大剌剌地脫內褲時，她便默默走出廁所，用力關上門。

「要、要脫的話也該先說一聲吧！」

因此沒辦法把伊織交給她。雖然一開始就沒打算把光著屁股的伊織交給栞奈就是了……因此，在浴室裡就變成由空太負責，畢竟光靠一隻左手連頭都很難洗到，只能幫他了。

「嗚哇！空太學長，不行！那裡、啊嗯！不要啦！」

「不要發出怪聲。」

「同樣是男孩子，你們到底在做什麼啊？」

聲音來自隔著一層毛玻璃門的栞奈。雖說洗澡已經交由空太負責，栞奈仍站在門外，似乎是基於身為照顧伊織負責人的志氣。

「啊～～學長，那裡好棒……啊啊，好舒服。」

結束像這樣與不斷發出性感聲音的伊織的格鬥後，空太回到房間，龍之介已經等候多時，為的是在參加甄選前對試作版做最後的討論。

日期早已由九日跨到十日，今天是比賽報名截止日。

做遊戲畫面攝影及請龍之介最終確認參賽用企劃書。這兩樣東西必須在下一個夜晚來臨前寄出去。

「請、請快住手，美咲學姊……我、我自己會脫啦！」

房外傳來栞奈被硬拖進浴室裡的慘叫聲。

混在這陣聲音當中，房間傳來了敲門聲。空太與龍之介一起從企劃書上抬起臉來。

「空太學長，現在方便打擾一下嗎？」

是伊織的聲音。

「請進。」

他戰戰兢兢地打開房門。

「怎麼了？」

伊織搔著臉頰走進房裡。

「這個……」

他說著遞出了某樣東西。

棒狀的塑膠……是ＵＳＢ記憶卡。

空太自然而然收下了，不過搞不懂是什麼意思。

「我試著做看看了……」

「什麼？」

「曲子。」

「曲子？」

「遊戲的音樂。」

伊織靦腆地笑了。

「喔。」坐在書桌前的龍之介發出有些驚訝的聲音。

空太將ＵＳＢ記憶卡交給龍之介，插入ＵＳＢ槽確認資料夾的內容。

檔案有三個，也就是說有三首曲子

龍之介一首首播放確認。

聽了從喇叭流洩出的聲音，立刻就發現是用電腦做的曲子。靠左手也能操作滑鼠，因此伊織可以只用單手完成。

三首曲子風格迥異，有像動畫片頭曲的流行曲調，也有爵士風格的帥氣音樂，再來是像ＲＰ

G主題曲般具躍動感的壯闊樂曲。

每一首曲子都以簡短的間隔轉調，百聽不厭。就想創作的遊戲性質而言，加入多種轉調正適合不過。

再加上三首各自具備樂曲的完整性，漂亮地改善了試作版使用免費音源的不足之處。曲子長度將近三分鐘，就遊戲音樂而言雖然稍嫌長，然而就這一次的內容倒也正好相符。

「品質超乎我的期待。」

聽完三首曲子後，龍之介簡短說出感想。

「你手邊有樂譜的數位檔案嗎？」

「咦？啊、有。」

伊織突然被問到，一副不知所措的樣子。

「現在馬上寄到神田的信箱。」

「啊，呃……」

「動作快。」

聽到龍之介這麼說，伊織立刻跑了出去。

「喂！不要用跑的，會影響手臂的傷勢！」

空太慌張地對走廊叫喊。

不確定伊織是不是聽到了。

外頭傳來關上房門的聲音。不久，空太的電腦顯示收到信件的通知。

龍之介打開來確認附件的樂譜檔案。

「如果是這個檔案的形式，現在就能立刻轉換使用在試作版上。」

龍之介如此自言自語，當場開始作業。

被晾在一旁的空太只能從後面看著。這時，伊織也正好回來了，兩人望著龍之介的背影好一陣子。

五分鐘過後。

「完成了。」

龍之介說完，示意空太與伊織看電腦螢幕。

畫面上顯示「RHYTHM BATTLERS」的主題圖示。

按下START，遊戲開始啟動。

流洩出的ＢＧＭ已經轉換成伊織創作的曲子，是最開始聽到的像動畫片頭曲的那首。

龍之介隨意操作，掃蕩敵方怪物。

光是音樂不同，就像完全不同的成品，比起免費音源顯然要好上幾倍。

「喔喔～～喔喔～～！這是什麼啊！這是學長你們做的嗎！有我作的曲子耶！」

伊織露出感動的樣子，拉扯空太的衣袖。

「拜託也讓我玩玩看！」

龍之介讓出位子，伊織在電腦螢幕前坐下。空太跟他說明了操作方式。現在是用電腦玩，所以是以鍵盤操作。即便是只能用左手的伊織，也能配合節奏按壓鍵盤。

該說不愧是原作曲者吧，伊織沒錯過節奏，連續使出大絕招，爽快地不斷消滅敵方怪物，光是在旁邊看也覺得很開心，伊織也是連連驚呼：「好厲害、好棒。」

不過發展到現在，有件事非得先確認不可。

「伊織。」

「什麼事？」

「有關鋼琴的事，你打算怎麼辦？決定了嗎？」

出院前，伊織的母親曾說過「可以放棄鋼琴」，不知伊織是否做出了結論。

「我……還沒有決定。」

伊織微微低下視線，眼眸中閃爍著不安與猶豫。

「真是不乾脆。」

龍之介不滿似的雙手抱胸。

「不過，因為手臂骨折，我好像也理解了一件事。」

眼眸深處除了不安與迷惘，似乎還蘊含了一絲微小光芒。空太急著想知道這道光芒的真面目，催促伊織繼續說下去。

「你說的是？」

「就現階段，我只有音樂了……我理解了這件事。」

伊織露出放鬆的笑容。

「學長，你知道嗎？一天的時間可是漫長得讓人無聊到都快瘋了。」

「……」

伊織那停下玩試作版的左手放在桌上，看起來就像是輕放在琴鍵上。

「一直以來，我從早到晚都在練琴　連玩的時間也沒有……嚮往交女朋友、忙著約會的快樂日子，所以常常覺得要是能不彈鋼琴，定會有很多快樂的事。然而，像現在這樣離開了音樂，卻一點也不覺得開心，每天都閒得發慌　」

空太覺得自己好像懂得其中的原因

「雖然我不像伊織這樣一直埋首於某件事物這麼多年……不過，我之前就察覺到了。」

「察覺到什麼？」

「快樂跟輕鬆是不一樣的。」

「啊，沒錯，就是這種感覺！住院期間實在很無聊，我也一直在想要如何打發時間，卻什麼也沒有……我什麼也沒有，所以理解了自己只剩下音樂……」

「這樣啊。」

「所以，我很開心空太學長來邀請我加入。因為音樂而來找我，我真的真的很高興耶。學長對我說希望我加入，所以我就開始想創作樂曲了。」

龍之介不發一語，現在也仍然雙手抱胸，表情看起來還沒完全接受。

「赤坂？」

空太一出聲，龍之介便以嚴肅的語調開口：

「我再次把醜話說在前頭，這可不是業餘的興趣而已。」

他直盯著眼前的伊織。

「我知道。看了這個之後，我更明白學長們確實非常認真。」

伊織感到耀眼似的看著試作版的畫面。

「所以，我現在更想加入了。」

「那麼，請多指教，伊織。」

空太把手放在伊織肩膀上如此說道。

「是！」

伊織轉過頭來，露出天真燦爛的笑容。

龍之介到最後表情都沒變。

就這樣，在參加甄選前一刻，伊織正式加入團隊。

5

期末考結束，也完成了「Game Camp」的報名，接受隔天十一日的直升推薦面試後，空太完全處於等待結果的狀態。

能不能獲得水明藝術大學媒體學系的直升推薦，還有「Game Camp」的書面審查會不會通過——兩者都不知道什麼時候才會有結果，唯獨很快將會有答案這一點是一致的。

考試休假結束，到了發還考卷的時期，坐立難安的情緒逐漸升高。

七月十四日，星期四。

第二堂課結束，在去完洗手間回教室途中，命運的時刻到來。

校內廣播傳來班導白山小春甜美的聲音。

——三年一班神田空太同學，請到教職員室～

突然被叫到名字，空太心跳加速了一下。

周遭的學生們視線也集中到旁邊的空太身上。

受到注目感覺很不自在，空太便急忙前往教職員室。恐怕是直升推薦的結果通知吧。空太知道從今天早上開始，每當休息時間就有同班同學陸續被叫出去，由小春告知通過與否。因此，三年級教室內有種獨特的緊張感。

空太來到教職員室前，做了個深呼吸。

他先是敲敲門。

「打擾了。」

出聲打招呼後打開門。

尋找小春的身影。

然而，沒找到。倒是與在更裡頭的千尋視線對上了。不知為何，她的身旁還有妹妹優子的身影。不知道她幹了什麼好事，不過反正跟自己沒關係，空太又繼續在教職員室裡張望尋找小春的影子。這時——

「神田，這邊。」

千尋招了招手。

「呃，我是被小春老師叫來的。」

空太無可奈何，只好走過去。

「剛才的廣播？那是我拜託小春做的。」

「咦？這樣嗎？我還以為一定是有關推薦直升的事……」

空太瞥了一下旁邊的優子，只有不祥的預感。

「那麼，找我有什麼事？」

「這個啦，就是這個。」

千尋嫌麻煩似的推出來的，是成疊的繪畫用紙。

上面有像是幼稚園兒童的繪畫般拙劣的塗鴉，而且還好幾張……因為是用蠟筆畫的，用手摸還會沾到手上。上頭全都寫了「問題學生到來！」或「壞蛋就在這裡喔～～！」這樣的文字。

空太看過其中幾張。

「這不是貼在學校公布欄上的東西嗎？」

「什麼啊，既然你知道，事情就好辦了。」

千尋如此說著，將視線移向優子。

就這狀況看來，可能的兇手只有一個。

「哥哥，優子做的壞事終於被發現了啦。」

不知為何，優子看起來很開心的樣子了。她用雙手撫著臉頰，不斷扭動。

「這麼一來，我也是徹底的問題學生了吧！」

「我說妳啊……」

頭好像痛了起來。

「老師，我要被流放到櫻花莊了嗎！」

優子眼睛閃閃發亮。

「啊，那是不可能的事。」

然而，千尋的回應卻很冷淡。

「咦？」

優子口中發出痴呆的聲音，一臉愣住的表情。

「為、為為為、為什麼啊！」

探出身子的優子一副要抓住千尋的氣勢。總之，空太在災情還沒擴大之前先抓住了她的脖子，這也是身為哥哥的任務。

「不可能的事就是不可能。」

「怎麼這樣～～！優子是問題學生耶！惡名昭彰的壞蛋耶！」

她依然拚命窮追猛打，模樣看來很悲慘。

千尋絲毫不在意，大大打了個呵欠。

「沒有空房間了。」

接著對優子說出原因。

「騙人！我已經調查過了，之前七海姊住的２０３號室根本就空蕩蕩的吧！」

優子得意洋洋地提出很有道理的意見。

「不然，優子跟哥哥住同一個房間也可以！」

還順便追加了沒必要的話。

「當然不行吧。」

空太駁回同居的提案。

「為什麼？」

「因為我不要。」

「登愣～～……就算這樣，２０３號室也應該還是空著的吧！」

迅速復活的優子緊抓住空太的手臂，大概是希望他幫忙說服千尋，只可惜空太是站在千尋這邊的。不希望優子住進櫻花莊，得全力阻止。

不過，空太對剛才千尋所說的話感到有些在意。

為什麼要說出沒有空房間了——這種立刻會被拆穿的謊言呢？

「雖然現在是空的，不過已經確定有其他問題學生要搬進去了。」

千尋一邊整理桌上的紙張一邊若無其事地說著。

「咦？」

這次輪到空太發出痴呆的聲音。

「你們果然是兄妹耶。連反應都一樣。」

得到了令人心碎的評價。

「我跟哥哥是由紅色的血連在一起的！」

優子驕傲地說著令人搞不懂的主張　總之，先不管她。

「老師，有人要來櫻花莊了嗎？」

「是啊。我不是這麼說了嗎？」

「是誰？什麼時候要搬進來？」

「啊，對了，神田。」

「請回答我。」

如果有新的住宿生要搬進來，當然不能坐視不管。

「你好像通過直升推薦了。」

「咦？」

「恭喜你獲得水明藝術大學媒體學系直升推薦。雖然我以為你一定會落榜，看來是面試進行得很順利吧。」

「是這樣嗎？」

空太沒什麼自覺。只不過，當時沒發生什麼讓人想當場逃跑的失誤，當然還是有點緊張，也記得自己有些用字遣詞很奇怪。即便如此，卻還能冷靜面對，是因為在「來做遊戲吧」提報時曾遭受更嚴峻目光的經驗吧。

空太覺得自己面對問題能直率地回應，沒必要虛張聲勢，也沒有遮掩粉飾，不曾想過要打腫臉充胖子。

想在水明藝術大學學些什麼，在這之後又有什麼樣的夢想。

因為這些答案都已經存在於空太心中……

總有一天，要跟值得信賴的夥伴們一起成立遊戲公司。那幅景象急速在空太心中帶有現實的味道。

一切都得歸功於「Game Camp」。

在和龍之介報名甄選的過程中，空太嘗到了至今未曾有過的感受。

也許可以稱之為真切的手感。以往只是模糊不清的未來光景，現在幾乎已經清晰可見。

「算了，既然好不容易通過了，你可別太得意忘形，做出被取消推薦的事。」

千尋說完自己想說的話，站起身來。

「那麼，就先這樣。」

她就這麼拋下茫然呆立的空太，走出教職員室。

「啊，等一下！老師！您還沒說新住宿生的事！」

空太急忙想追上千尋，然而教職員室外的走廊已經不見她的身影。

「真是的，就不能讓我放心地開心一下嗎……」

總覺得不是很舒暢。好不容易獲得直升推薦，空太的腦袋又被新住宿生的事給占滿了。

不過，空太倒還算好，有個更無法釋懷的人追上了空太。

「哥哥！我到現在的努力到底算什麼啦！」

她一臉快哭出來的表情，忿忿不平　然而，既不值得同情，也絲毫沒有共鳴。

「人家還努力貼了那麼多！」

她不斷擠著靠過來，空太擋下她的頭，用力推開。

「啊嗚！竟然無法靠近哥哥！怎麼會有這種蠢事！」

「蠢的是妳吧……」

雖然想再發牢騷，不過口袋裡的手機響了起來，只好作罷。是來自龍之介的簡訊。

——收到通過「Game Camp」書面審查的通知了。

確認內容的空太一手繼續壓制著優子的頭，立刻撥電話給龍之介。

『什麼事？』

龍之介以不高興的聲音接了電話。

「所謂的通知，是寄到我的信箱吧？」

這次的企劃甄選「Game Camp」，所有聯絡事項都會寄到填寫的電子郵件信箱。

『是啊，所以咧？』

「我之前也說過，不要光明正大看別人的信！」

『是女僕看的。因為內容跟我有關，才轉寄給我。』

「這樣啊……」

怎麼能期待會有個人隱私這種東西？

不過，這麼一來就突破了第一道關卡，空太當然感到高興。

『既然都通了電話，我就順便告訴你要點。』

「嗯，拜託你了。」

『上面寫著，將在七月十九日進行提報及代表人的面試。』

是第一學期的最後一天。

「時間呢？」

『下午三點。』

這樣的話，結業式結束後也還來得及。

『簡報與面試各預定十五分鐘。其他的你就自己再確認吧。』

只說完想說的話，與龍之介的通話便結束了。

剩下的就等回教室後再直接談吧。

空太將手機收回口袋裡，快步走了出去。

「哥哥，不要忘記優子的事啦！」

「啊，抱歉。我真的忘了。」

「登愣～～！」

「算了，反正妳不准再做那種奇怪的惡作劇，聽到了沒？」

空太確實叮嚀完，決定回教室去。

「啊～～等一下啦～～！哥哥，你暑假要怎麼辦？既然爸爸都幫我們準備機票了，要一起回福岡吧！」

悲慘的事實是，空太並沒有收到父親寄來的機票。至今一次也沒有收到過。

「我不回去。」

空太背對優子回應。

「因為暑假我還有事要做。」

「啊～～一定是跟真白姊一天到晚談情說愛吧！優、優子不會允許那種事發生啦～～！」

雖然這也是很有魅力的過暑假方式，然而空太想盡可能專注在「Game Camp」的遊戲製作。

空太這麼想著，無視於還在吵鬧的優子，快步走回教室。

6

七月十九日，星期二。

這天是一大早便感受到酷暑的炎炎夏日。

空太一如往常完成準備工作，照料完真白，前往學校參加第一學期最後一天的結業式。

今年已經是第三次聽校長的暑假前致詞，空太打著呵欠左耳進右耳出，然後在班會時間領回成績單。

「可不要因為是夏天就high過頭，有了男人或懷了小孩喔。」

班導白山小春還說了許多聽來很有問題的夏日注意事項。

她違背了班上希望儘早結束班會時間的期望，還聊了一些自己今年一定要找到男人、夏天的紫外線很驚人，以及已經開始害怕穿泳裝等話題，持續了十幾分鐘。

「那麼，準備考試的人也要好好念書喔。九月再見了。」

班導做了總結之後，終於獲得解放的教室裡的氛圍與之前兩年明顯不同，並沒有期待已久的暑假終於要開始了的感覺，大概是因為還有許多考生吧。

長假即將開始確實讓人很開心，然而，這也代表又更逼近大學入學考試的時間了。

到了現在，空太有種真的很慶幸自己通過了直升推薦的心情。多虧如此才得以全神貫注在「Game Camp」上。

空太準備回家，從座位上站起身時，隔壁座位出聲喚了他。

「是今天吧？」

是七海。

「咦？」

一下子還沒能理解七海是指什麼。不過對空太而言，「今天」就只有一個。

「是啊……妳聽赤坂說了提報的事嗎？」

「嗯，也聽他說你通過直升推薦……恭喜你。」

「謝謝。青山妳也通過了吧。」

幾天前，龍之介透過聊天室告訴了空太。是水明藝術大學戲劇學系。

「恭喜妳。」

「謝謝。」

七海嘴角微微浮現笑容。

「真白呢？還是不打算念大學嗎？」

「嗯？是啊，她說要專心畫漫畫。聽說大學還拜託她只留個學籍也好，不過她也拒絕了。」

六月以來，大學的重要人士不知拜訪了櫻花莊多少次。

「她在這一方面的想法果然很明確呢。」

「是啊。」

「赤坂同學呢？」

「他說明年二月要以程式設計的技能，參加特殊類科免試入學。」

志願是水明藝術大學媒體學系程式設計學科。

不愧是藝術大學，除了學力，也準備了可發掘出個人價值的考試。

「赤坂同學一定會通過吧。」

「他本人也說啦，『找不到任何我會落榜的理由』。」

兩人都發出了乾笑聲。

「七海～～差不多該走了喔～～」

門口傳來高崎繭的呼喚聲。

「啊，我跟繭還有約，先走囉。」

「嗯。」

「簡報要好好加油喔。」

七海如此說完，露出笑容。她搖曳著馬尾跑向藺的身邊，背影很快往走廊方向遠去。

「好，要加油了。」

空太這麼自言自語。

先和真白回到櫻花莊的空太稍早吃完午餐，大概確認說明的步驟便準備再次出門。

把向龍之介借來的筆電及必要的書面資料放進包包裡，換上西裝。這是仁因為暫時應該穿不到而留在這裡的西裝，空太第三次穿上。看著鏡子裡自己的身影，感覺比較有模有樣了。不，也許只是因為看習慣了，所以不覺得那麼可笑吧。

真白、伊織還有栞奈都到玄關送他。

「空太，加油。」

「喔。」

「空太學長，拜託你了！」

「交給我吧。」

在學弟妹面前稍微逞強了一下。

照這對話的發展，空太不經意看向還沒開口的栞奈。真白與伊織也望向她。

「那麼，請好好加油。」

大概是感受到非開口說些什麼不可的氛圍，栞奈漠然說道。

「謝謝。」

龍之介沒有要從房裡走出來的動靜。不過，反正他一向如此。

——您要是做出讓龍之介大人蒙羞的事，知道會有什麼下場吧？

收到了女僕如此震撼人心的激勵簡訊。

要是失敗了，空太會遭受什麼樣的處置呢？

「那麼，我出門了。」

真白可愛地揮手目送，空太往前邁出一大步。

從櫻花莊出發，轉乘電車約過了一個小時……在地下鐵車站下車的空太來到地上，眼前高聳林立的辦公大樓已擺好陣仗，迎接他的到來。

依然散發出壓迫感。

雖然過去曾為了兩次提報及跟藤澤和希討論而來過好幾次，但仍會感受到壓力。

緊張導致腹部緊繃。

即便如此，空太還是深呼吸之後進入大樓，以平常的口吻向櫃檯小姐告知前來的目的。

在訪客用的表格上寫下名字，由前來迎接的女職員帶著搭乘電梯。只有兩人的小空間，直達第二十五樓。

響起鈴聲，電梯門開啟。在女職員的引導下，空太先走出電梯，不再因為腳下的地毯觸感而嚇一跳，也不會懷疑是不是該脫鞋子而感到不安。

空太滿腦子都是簡報的順序。

沒有其他多餘事物入侵的餘地，沉浸在恰到好處的緊張感當中。

「請往這邊。」

空太依循引導進入一間約學校教室大小的會議室。

本以為是接待室，然而房裡已經並排坐了四位評審委員。

瞬間眼前一片空白。不過，他與坐在最右邊的藤澤和希視線對上，反射性點頭致意，也因此得以重新調整心情。

也能從容地觀察其他評審委員的表情。

與「來做遊戲吧」的印象截然不同，並排而坐的都是跟和希一樣穿著休閒、三十歲上下的男性。沒有人穿著西裝，與其說是公司的大主管，倒比較像現場的創作人員。

「你是神田空太先生吧。」

左邊的男性看著手邊的資料詢問。

「是的。」

「那麼，請你開始就提案企劃進行說明。」

「請多多指教。」

空太行禮致意後，迅速地移動到裝設於會議室正面的銀幕旁。

把向龍之介借來的筆記型電腦放在事先準備好的桌上，接上投影機線路。

「請容我開始說明『RHYTHM BATTLERS』的企劃。」

為了簡報而準備的企劃書，包含封面只有四頁。傳達概念、說明客層、敘述遊戲目的後，已經來到最後一頁。時間上花不到五分鐘。

使用資料說明結束後，除了和希之外的三人都露出不解的表情。這也難怪，畢竟空太並沒有詳細提到遊戲的內容。

「接著，我將透過用電腦播放試作版來進行更詳細的說明。」

他點選了放在桌面的圖標。

會議室的銀幕上顯示出試作版的主題畫面。

稍微提高音量後，開始遊戲。

操縱玩家角色，掃蕩成群擁上來的敵方怪物。

「敵方怪物有用普通攻擊就可打倒的嘍囉怪物，也有只能透過節奏攻擊才能給予打擊的節奏怪物。」

這是在製作試作版時，與龍之介討論後加入的內容。然而，並不只是為了發出必殺技才需要節奏動作，而是追加了遊戲系統的必然性。藉由導入節奏怪物，更強化了音樂遊戲與戰鬥動作遊戲的和諧性。

對玩家而言，打起來很麻煩的節奏怪物雖然是種壓力，但透過節奏攻擊炸裂開來時所帶來的爽快感，也具有加分的效果。空太自己實際玩過試作版，感覺到確實加強了中毒性。導入節奏怪物前後，玩起來的手感迥然不同。

實際操作了約十分鐘後，空太的提報順利結束。

「企劃說明到此結束。感謝您的聆聽。」

他行禮致意做為總結。抬起頭來，坐在和希隔壁戴眼鏡的男性舉起手。

「可以讓我試試看那個嗎？」

「啊，好的。」

空太拆掉筆電的線路，拿到評審委員面前。

說明操作方式，包含和希在內的所有人都探頭過來。被大人團團包圍，光是這樣就讓人夠緊張的了。

四個人各自玩了試作版的一首曲子。

結束後，最開始發言的男性彷彿突然想起般說：

「啊，請坐。」

空太在預先準備好的椅子上坐下。

位置正好在會議室正中央，令人坐立難安。正前方就是四名評審委員的眼睛。

「試作版非常有趣。」

「啊，是。」

被直接稱讚了，空太不知該做出什麼樣的反應。

「如何？」

評審委員接著詢問隔壁的兩人。

「我很驚訝真的可以玩。」

「做得很好。」

得到這樣的回應。

比起「來做遊戲吧」，評審委員顯然較直接坦白。

「藤澤兄，你覺得怎麼樣？」

評審委員探出身子，朝桌子另一頭問道。

「很有趣啊。」

簡單明瞭的感想。空太感覺這是很坦白的意見，單純感到開心，因為被自己認為很厲害的人稱讚了……

「那麼，在合格的前提下，可以再問你一些問題嗎？」

「……」

因為對方說得太若無其事，空太沒能立刻理解聽進耳裡的「合格」這個字眼的含意，只是不斷眨眼，忍不住露出自然的反應：

「咦……呃？」

「戶塚，講話得循序漸進。神田先生看起來很困擾喔。」

「嗯？啊啊，抱歉、抱歉。」

坐在最左邊掌握場面的男性似乎叫做戶塚。

多虧和希出手協助，空太也得以慢慢恢復冷靜。

「關於這次神田先生的企劃，請務必讓我們『Game Camp』來製作。」

戶塚再次鄭重地向空太說明。

「非、非常感謝！」

身體的感覺急速遠去，就像是從自己的身體退後一步看著眼前一切的感覺。

「只不過，還是必須考慮尋找團隊成員的情況，或者像神田先生這樣還是學生身分對學業的影響等，請針對這些與我們談一談。」

「我明白了。」

幾乎是反射性回答。

「最重要的，就是關於開發團隊這件事，光就讓我們看的試作版，應該沒問題吧？」

「就現階段來說，試作版繪圖還只是請人幫忙，這一點還沒辦法說是已經準備萬全。」

這部分就老實回答了，反正在這裡逞強也沒用。隨著時間流逝，心情已經逐漸恢復冷靜，不過身體奇特的感覺仍然存在……

「那麼，參賽資料上寫的名字，除了神田先生以外的成員，呃，赤坂與姬宮是？」

「赤坂是程式設計師，姬宮負責音樂。」

「是學校的朋友嗎？」

「是的。」

「原來如此。」

「那個，我也可以提一個問題嗎？」

再次舉手發問的，是和希隔壁戴眼鏡的男性。

「請說。」

「還是確認一下，這位程式設計師赤坂龍之介，是那個赤坂龍之介嗎？」

鏡片底下的眼神極為認真。

然而，被詢問的空太只是歪著頭不解：「『那個』是指『哪個』……」

「在業界是非常有名的怪咖程式設計師。」

「喔、喔。」

「我想應該有二十家以上的公司邀請過他，不過全都被他拒絕了，而且還是透過獨立開發的自動郵件回信程式人工智能拒絕的。」

出現了曾在哪裡聽過的單字。

腦袋浮現的就只有一個。

「那是指女僕嗎？」

「是的。」

「那麼，我想就是那個赤坂龍之介沒錯。」

因為空太的一句話，整個會議室騷動了起來。

「那個……赤坂是那麼厲害的人嗎？」

「我們的程式設計師主任把他評價為業界前三名喔。」

回答的人是和希。

雖然從以前就認為他是個厲害的傢伙，沒想到連和希都這麼說，空太不禁背脊發涼，同時腦海浮現出一個疑問。擁有這種能力的龍之介，為什麼會想跟空太一起製作遊戲呢？

「呃，那麼，回到主題……關於今後的事。」

「啊、是的。」

在戶塚催促之下，空太將意識拉回眼前的對話。現在不是分神思考的時候。

在這之後，評審委員再次確認是否能確保繪圖人員，並且說明了「Game Camp」相關事宜。由製作公司進行的，包含借出開發機材和確認進度狀況，不提供開發費用，基本上也不從事團隊成員間的斡旋。完成的遊戲將被排入主題審查會確定是否商品化，若能漂亮通過，便會被實際拿來販售，空太等人可依據銷售量獲得相對應的金額。不過要是沒能商品化，一毛錢也拿不到。

「那麼，神田先生，下週再確定機材借用及調整時程吧。」

最後，戶塚如此做結，確定下次討論時間便結束了空太的面試。

在女職員的陪同下，空太來到一樓大廳。

離開會議室後，腳步始終浮躁不定。

搞不清楚自己現在的心情。很奇怪的，並沒有飛上雲霄的飄飄然喜悅。

也許因為這一次有相當的自信，所以鬆一口氣的感覺來得比較強烈。試玩試作版時確實就有相對的手感，覺得應該行得通，然後結果的確是如此而已。

空太現在急著想回櫻花莊。回去後要跟龍之介與伊織說合格的結果——空太現在滿心都是這樣的想法。

在藝大前站下了電車，空太跑過紅磚商店街，用手機與龍之介聯絡。

電話立刻就接通了。

「赤坂，抱歉！忘了傳簡訊給你了。啊，不過，儘管高興吧！結果是……」

『神田，大事不妙了！限你一秒之內立刻回來！』

空太話才講到一半，馬上就被龍之介打斷。

「啥？那怎麼可能啊。話說回來，我們合格了喔。」

『那種事一點也不重要！趕快給我回來！』

電話另一頭似乎吵吵鬧鬧的。

龍之介究竟在做什麼？

「呃，我是說，我們合格……」

話還沒說完，電話就被掛斷了。

「啊～～搞什麼啊！這種事怎麼可能不重要啊！」

即使一秒也好，想盡快分享喜悅的空太憑著情緒全力衝刺。

穿過商店街，在兒童公園前狂奔。

來到連接櫻花莊的緩坡時，視野當中出現了巨大的物體。

是搬家公司的卡車。熟悉的犀牛標誌。

空太在玄關前停下腳步。

突然想起千尋說的話。

——已經確定有其他問題學生要搬進去了。

她說的是現在空著的203號室。

也就是說，那位問題學生已經搬進來了嗎？

究竟是搬進來了什麼樣的人物？

空太心中帶著期待與不安，穿過大門。

這時，玄關的門氣勢驚人地打開，龍之介從裡面衝了出來，彷彿要逃離駭人的怪物……

「神田！」

他躲到空太背後。

「……總覺得以前是不是也發生過同樣的事？」

空太自言自語。還記得那是在約莫半年前……二月情人節時發生的事。

空太懷抱著某種預感，視線朝向玄關，這次則出現了金髮美女的臉。任風吹撫的髮梢在路燈映照下閃閃發光，以女孩子而言算高眺的身材，華麗的氛圍引人注目。高雅的服裝搭配得很適合她，再加上該凸的凸、該凹的凹，穠纖合度的完美比例。

「啊。」

寶石般湛藍的眼眸映著瞠目結舌的空太的臉。

「哎呀，空太，你回來啦。」

麗塔・愛因茲渥司調皮地嫣然微笑。

第三章
兩人的距離

1

七月十九日，星期二。

第一學期結業式這天傍晚六點，櫻花莊的飯廳睽違已久又聚集了所有住宿生。空太、真白、栞奈、伊織，還有舍監老師千尋，住在隔壁的人妻女大學生——美咲也混在裡面。再加上平常很少一起出現在餐桌上的龍之介也在。

櫻花莊住宿生空太等人的視線全集中到一點。

美麗的金髮與碧眼，個子以女孩子而言算是高挑，身材姣好。

「就是這樣，我是從今天起要住在？０３號室叨擾各位的麗塔．愛因茲渥司。」

麗塔對於充滿各種疑惑的空太等人的視線絲毫不為所動，以輕快的口吻打招呼。

「給我等一下。」

立刻插話的人是龍之介。難得看他積極介入什麼事，然而空太對於他焦躁的態度並不覺得奇怪。自去年麗塔第一次到日本以來，龍之介與她之間就發生了許多事。主要是親臉頰還有親嘴唇之類的事……

「很遺憾，我的感情已經沒辦法再等下去，正熊熊地燃燒起來。」

麗塔刻意不管當下氛圍，調皮地給了避重就輕的回應。龍之介的表情僵硬，坐在他旁邊的伊織則興奮地宣示：

「我的心也著火了！」

他說著站起身來，視線緊盯著麗塔的美貌與壯觀的上圍。麗塔似乎刻意將雙手抱在胸前，強調豐滿的重量級弧線，搖晃彈跳。看來她把人玩弄於手掌心的個性依然健在。

「喔喔！」

發出歡呼的伊織已經完全被迷得團團轉了。

「我喜歡妳！請跟我交往！」

伊織一邊行禮致意一邊伸出沒受傷的左手。

「對不起，我已經有喜歡的人了。」

結果被漂亮地擊沉了。

「咦～～！是誰啊！」

麗塔聽了伊織這麼問，惹人憐愛地往上看著龍之介，就連伊織也似乎明白其中的意思。

「DRAGON學長！兩位正在交往嗎！」

「不，還沒呢。龍之介不肯接受我的感情。」

麗塔裝模作樣地用有些鬧彆扭的口吻說了。

「DRAGON學長，你有什麼不滿？」

轉向龍之介的伊織露出不可置信的表情。

「胸部！金髮！超級美女！胸部耶！」

有個東西似乎出現了兩次，不過空太決定還是不要吐槽，避免繼續沒用的話題。況且，他也想聽聽麗塔來到櫻花莊的原因。

「你閉一下嘴。」

「痛！妳踩到我的腳了！」

看來似乎是栞奈比空太更早受不了，在餐桌下踩伊織的腳。

「我都說了！妳踩到我的腳了耶！」

栞奈無視伊織的抗議，問空太：

「那個，這一位……是誰？學長姊們認識嗎？」

「是真白在英國的朋友。」

麗塔去年秋天曾經來訪，就是那時與空太等人認識的——空太向不清楚事情來龍去脈的栞奈與伊織說明。就算被提到了，真白也只是專心地吃著年輪蛋糕。

「這位麗塔小姐……為什麼會來櫻花莊？」

「這就是問題所在。」

空太也想知道為什麼。這一次應該不是有什麼事才來日本。她已經把行李送進203號室，一副要長住下來的樣子……

所有人的視線再度集中到麗塔身上。

「廢話已經說太多，妳也差不多該回答了吧。」

雙手抱在胸前的龍之介露骨地露出不高興的表情。

「龍之介還是第一次對我的事感興趣呢。」

麗塔依然顧左右而言他。

「為什麼妳會出現在櫻花莊？不回答的話，我就回房間去了。」

龍之介如此說完真的站起身來。

「我已經決定明年要到水明藝術大學留學了。」

這次她則是乾脆地回答。

「妳是白痴嗎？來日本的時間早了半年吧。」

龍之介說的完全正確。

「為了準備上日本的課，我決定春天之前先上語學課程。」

嫣然微笑的麗塔以流暢的日文如此說著。都這麼會說了，還有上語學課程的必要嗎？在場的所有人一定都覺得不需要吧。

「第二學期開始，我就可以特別在水高美術科上課，請多指教囉。」

「我拒絕。我絕對不認同讓這女人進來宿舍。」

龍之介再度一屁股坐回椅子上。撐著臉的美咲就像在看網球比賽，看著兩人你來我往。

「那麼，沒辦法了。就依照櫻花莊的規定，由櫻花莊會議來決議如何？」

麗塔不為所動，爽快俐落地說著。

「好、好！我贊成！我非常贊成！全心全意、賭上性命地贊成！」

伊織率先舉手，伸得筆直的左手力道強勁，沒有絲毫猶豫。瞥眼看著的栞奈似乎不以為然。她察覺到空太正看著自己，便不高興地轉開視線。空太不禁感到心靈受創。

「我也贊成喔～～！沒想到小麗塔會來這裡，人生還真不知道會發生什麼事呢！」

美咲緊緊抱住麗塔。兩人都是女孩子的特徵部位很有分量而具魄力，讓人實在不知該將視線放在哪裡，伊織還吞了吞口水。栞奈看到這樣的空太與伊織，眼神則是越來越冷酷。空太完全被瞧不起了，或者該說，被視為與伊織同類實在叫人心寒……不過，現在不是為此辯解的時候。

「當然，真白是贊成的吧？」

麗塔這麼一說，獨自吃著年輪蛋糕的真白點點頭。

「麗塔突然跑來，妳居然都不驚訝耶。」

「我早就知道了。」

「啥？」

真白剛才說了什麼？早就知道了……她應該是這麼說的。

「因為想讓你們嚇一跳，所以請真白先幫我保密。」

「……這樣啊。」

「好了，這麼一來，現在是三票贊成，一票反對囉。」

麗塔對龍之介露出得意洋洋的笑容。

「上井草學姊是無效票，她現在不是這裡的住宿生。」

龍之介間不容髮地以道理加以反擊。

「咦～～！太過分了，DRAGON！」

「我不介意喔。反正最後會露出笑容的人是我。」

美咲雖然還想抱怨什麼，不過聽了麗塔的話，似乎暫且接受了。

還沒投票的，剩下空太、栞奈，還有千尋。

「我投空白票，決定好之後再向我報告就可以了。」

千尋自言自語般說完，從冰箱裡拿出罐裝啤酒，走出飯廳。

只剩下空太與栞奈的票。

「神田，你反對吧？」

坐在隔壁的龍之介施加壓力。

「呃，那個啊……」

「我反對。」

栞奈代替不知該如何回答的空太發表了意見。

「哎呀，事情越來越有趣了耶。」

面對意外的反對票，麗塔依然一副若無其事的神情。

「可以讓我聽聽為什麼嗎？」

栞奈從上往下打量了麗塔一番之後回答：

「……沒來由就想反對。」

無論如何，這麼一來只剩空太，他被迫面對票數二比二的局面。

所有人的視線自然集中在他身上。

「神田反對吧？」

龍之介再度叮囑。

「不，空太是贊成的。」

麗塔也立刻以笑容施壓。

「反對。」

「贊成。」

相對於龍之介泰然自若的態度，麗塔則是露出幾乎讓人覺得刺眼的笑容。

隔著餐桌的兩人之間迸出看不見的火花。

「啊，對了對了，空太。」

麗塔彷彿要轉換氣氛似的，把矛頭轉向空太。

「什、什麼事？」

不知道她會說些什麼，空太提高警覺。

「聽說你去做遊戲的簡報？結果通過了吧？」

「咦？啊、嗯。」

空太想起自己還沒確實報告的這件事。

「我們順利通過『Game Camp』的審查了。」

「咦？真的嗎！太棒了〜〜！」

伊織高興地從椅子上跳起來。不知是否因為空太事先打電話告知過了，龍之介的表情沒變，反倒是對於突然提出簡報話題的麗塔，毫不遮掩地表現出戒心。

「太棒了耶，學弟！」

「謝謝。」

「做得很好，空太。」

「竟然是用上對下的口氣……」

「這麼說來，你們就需要會畫圖的人才對吧？」

麗塔別有深意地露出笑容，輕易將話題拉回來。

「我們需要的，是能做３Ｄ建模的繪圖人員。」

正如龍之介所說。麗塔雖然擅長畫畫，但領域不同。

「這一點的話，完全沒問題。」

「問題可大了。」

「不過，可是！真的是問題Nothing喔，DRAGON！」

從椅子上站起來的美咲將手直指著龍之介，表現出一副「我有異議」的氣勢。

「什麼意思啊？」

搞不懂的空太提出疑問。

「要問我什麼意思的話！我就回答你吧！因為用在試作版的敵方怪物３Ｄ模型，其實是小麗塔做的喔！」

美咲還加上「鏘～～」的謎樣音效說明。

「啥？」

「什麼？」

龍之介也跟著空太驚訝地瞠目結舌。不過他很快便回過神來，銳利地追問麗塔：

「妳不是在學畫畫嗎？」

「光是不顧一切地畫，稱不上學習。藉由接觸其他媒體、領域以及表現方法，也能學到許多東西。比方說，整個媒體呈現得適當與否，就是其中一項。去年製作喵波隆的時候，我發現了這一點，所以現在也努力挑戰各種事物。」

「原來如此。」

「沒想到龍之介竟然會表示認同。」

「難怪完成的3D模型骨構造，看起來完全是大外行。我還想說不像上井草學姊的風格。」

「……」

被稱為大外行，麗塔的眼尾銳利地上揚。

「骨構造我還在學習！」

口氣聽來也火大了起來。

「多邊形網格也太多了，稱不上適用於遊戲的3D模型資料，有很多在程式設計上要去支援的部分。正式使用來說也不實際，因為有可能成為程式錯誤的溫床。」

龍之介的說法一如往常一點也不客氣。伊織「嗚哇～～」了一聲，不禁倒退幾步。

然而，被這麼說了就讓步——麗塔不會這麼不經打，也沒這麼脆弱。

「既然這樣，就請龍之介一步步地仔細教我不會增加程式設計負擔的建模方式吧。」

麗塔嫣然微笑，接受龍之介的反對意見。在這裡似乎還是麗塔技高一籌。

龍之介也不禁表情僵硬。

「事情就是這樣，空太。」

就在這關鍵時刻，麗塔轉向空太。

「你不想要我嗎？」

「拜託妳注意一下用字遣詞啦。」

毫不在意感到無力的空太，伊織精神振奮地回答：

「我想要！」

老實說，空太也想要。試作版敵方怪物的品質相當高，可以的話，希望能盡量維持水準。看過照龍之介說的規劃出來的作業估計量，最吃緊的還是繪圖的部分，因此要是麗塔能成為戰力，當然會有極大的助益。

只不過，這麼一來便無法成為「希望能由這次的成員一起創立遊戲軟體公司」的人選，這項事實也是空太煩惱的部分。

話雖如此，既然通過了「Game Camp」的審查，當務之急便是找到繪圖人員。可以的話，空太希望能在下週的討論會之前先有個頭緒。

心情逐漸傾向讓麗塔加入。

空太斜眼瞥了龍之介一眼確認。

「欸，赤坂。」

他手上的平板電腦螢幕顯示出的麗塔所製作的３Ｄ模型資料不斷地翻轉。

然而，他的意識應該不在螢幕上，腦海中說不定正把麗塔住在櫻花莊的個人風險，以及找到麗塔做為繪圖人員的幸運，放在天秤的兩端評估吧。

「隨便神田你想怎麼做。」

過了一會，聽到的是這樣的回應。看來，天秤似乎向後者傾斜了。

「那麼，我也贊成。」

全部投票結束，贊成票與反對票為二比二，決議同意麗塔住進櫻花莊。

「好～～既然都這麼決定了，就趕快準備歡迎會吧！」

美咲以一如往常的亢奮情緒高聲宣言。

「要做什麼火鍋呢？」

空太心想著要開始準備，也站起身來。然而，美咲的回應卻完全出乎意料。

「今天大家要早點睡喔！」

「咦？」

不是接下來要開始辦歡迎會嗎？

「明天早上六點出發喔！在櫻花莊的玄關前集合！」

「學姊，妳在說什麼？」

完全跟不上她，空太代表其他人提出疑問。

「這還用問嗎！為了歡迎麗塔，要舉辦海邊集訓喔～～！」

很遺憾，空太的腦海中只是又浮現了另一個疑問而已……

2

翌日二十日，同時也是暑假的第一天。海之日（註：原七月二十日，後來改成七月第三個星期一，為日本國定假日之一），正如其名，空太等人真的來到了海邊。

早上六點集合。集合的成員有空太、真白、伊織、麗塔以及美咲五人。龍之介關在房裡，栞奈以為昨天美咲是在開玩笑，因此沒做準備。

說服這兩個人，加上說明、牽連以及硬是把人拖出來，出發時間晚了一個小時，美咲所駕駛的車抵達海邊大約是九點三十分左右。

大概是時間還早，沙灘上人影悉悉落落。這麼看來應該可以大玩特玩。

天氣是大晴天。太陽在上午便幹勁十足，氣溫早早便超過了三十度。在灼熱的豔陽高照下，空太在沙灘上鋪起塑膠墊，一個人立著遮陽傘。即使只穿著一條泳褲，稍微動一下，額頭便不斷冒出汗水。

雖然伊織也在一起，但他的右手臂還裹著石膏，因此無法成為戰力。至於被硬拖出門的龍之介，則迅速地躲到陽傘底下，用平板電腦開始進行某些作業。各項組裝工作只能靠空太一個人，就連裝滿冰涼飲料的冰桶也是空太搬到沙灘的。

真白、栞奈、麗塔以及美咲四名女孩子則正在防坡堤上看得到的集訓所換裝。那是用鋼筋水泥建造而成的兩層樓建築，白色的外牆以及咖啡色的屋頂。剛剛進去放行李時大略看了一圈，大小跟櫻花莊差不多，一樓有飯廳、浴室、廁所、會議室，二樓則是住宿用的房間。

這是水明藝術大學的研修設施之一，據說只要是學生，幾乎都可以免費使用。聽美咲說，因為它就位於海的正前方，所以是非常受歡迎而難以預約的設施。不過沒想到竟然預約到了，實在讓人驚訝。

「我早就想到會有這種事，所以一年前就開始準備了！」

移動中的車內，美咲得意地如此說道。

「神田，快點把陽傘立起來，我曬到太陽了。」

「那就過來幫忙啊！」

「我現在正忙著工作，駁回。」

「沒必要連到了海邊都在玩那種東西吧。」

伊織與空太同樣穿著泳褲，只有龍之介還是T恤與牛仔褲的裝扮，光看都覺得很熱。

「放心吧。我已經做好防塵跟防海風的對策。」

龍之介把用塑膠袋包著的平板電腦遞出來給空太看。

「我不是那個意思啦。」

算了，以龍之介而言，光是願意同行就已經很不錯了……剛開始，他還理所當然堅決地說絕對不去。

然而，空太以接下來要開始進行的遊戲製作會議為名義，拚命說服才把他帶來了。

「如果討厭太陽，留在集訓所不就好了嗎？」

沒必要在沙灘上工作吧。

「開什麼玩笑。你現在就去跟那個嚷著要塗防曬油、要換泳裝的留學女共處一個屋簷下看看，有幾條命都不夠用。」

「麗塔不會真的要了你的命啦……」

「話說回來，還沒好嗎～～！」

一臉色瞇瞇的伊織伸長脖子，等待女孩子們到來。不，應該是已經等不及了，走向水邊對著海洋大喊：

「還沒好嗎～～！泳裝女孩～～！」

空太從遠處聽著伊織靈魂的咆哮，立好了陽傘。

接著在龍之介旁邊的塑膠墊上坐下。

「神田。」

「嗯？」

「陽傘有點歪喔。」

「想抱怨就自己去弄啊！」

龍之介一臉若無其事地看著電腦螢幕。

「神田。」

「又有什麼事？」

「……關於留學女。」

以龍之介而言，這算是很含糊的口吻。平常他總是為了避免誤解而把話清楚說到最後……然而，儘管沒有聽到最後，空太還是大概知道他想說什麼。

「你還是反對把繪圖工作交給麗塔嗎？」

空太將手撐在身後，腳筆直向前伸展出去。

「神田你之前曾說過吧。將來想像藤澤和希那樣，與知心的夥伴共同創立遊戲開發公司。」

「我確實說過，那個想法到現在也沒變。」

「留學女可是藝術世界的人喔。」

「是啊。」

空太也一度在意過這件事，所以即使龍之介指出這件事，空太也不覺得驚訝。

「鳥窩頭也是，對鋼琴還充滿留戀。」

抬起頭的龍之介眼中映著在水邊遊玩的伊織身影。

「這也沒辦法吧。因為對伊織而言，鋼琴就是這麼重要的存在。反過來說，要是他輕易就放棄，並說要全心跟我們一起製作遊戲，我還比較沒辦法相信，因為那會只像是為了逃避才過來，將來也一定會再逃走吧。」

「確實有道理。」

「對吧？所以，還是讓他好好煩惱過後再做出結論比較好。」

結果若是無法與空太等人期望同樣的夢想，那也無可奈何。無法強迫他。

在這其間，伊織仍天真無邪地與海浪嬉戲。

「不過，留學女也一樣，如果不能把製作遊戲放在第一優先，總有一天會跟我或神田之間產生價值觀的分歧，這樣就會有意見衝突。越是認真當一回事，一旦被目標意識低的人扯後腿，就會煩躁得讓人難以忍受。」

「……」

即使口吻淡然，龍之介的言詞中卻帶著確實的激動與真實感。

「赤坂你以前遇過這樣的事嗎？」

空太這麼問了，躺在塑膠墊上。

「……」

龍之介沒有回應。

「不想說的話也沒關係。」

應該是有發生過吧——空太心想。不然聽起來就會像是膚淺的話。龍之介說的話當中總是帶有信念，一向都是如此。也許是由經驗得到證實所說的話吧。

空太這麼想著，便在意起龍之介的過去。

龍之介究竟是什麼時候開始變成這樣的呢？

與空太認識的時候，龍之介就已經極力避免與他人接觸，並且只全心專注於程式設計。國中的時候就已經這樣了嗎？那個時期沒有朋友嗎？不，應該有。教育旅行時去了北海道，在那裡偶然遇見了認識龍之介的他校學生。雖然問他，他也只說是「國中時期認識的人」敷衍帶過……

如果現在問他，大概會得到同樣的回答吧。因此空太伸了懶腰，將意識拉回原來的話題。

「就理想來說，我當然也想找對遊戲製作有興趣，而且將來能一起組成團隊繼續下去的成員啊。不過，既然沒有這麼剛好的朋友或認識的人，有麗塔跟伊織在就已經算是相當幸運的了。」

「……」

「況且，我想不用說赤坂你應該也知道，即便與理想不同，如果在現況下不往前進，就什麼也無法開始吧？」

即使繼續等待，也不會平白就獲得理想的環境。

「如果你是明白這一點而做的判斷，那就沒問題。」

如此清楚回答的龍之介在空太眼裡看來表情依然陰鬱，彷彿蒙上一層濃霧。空太不懂那究竟是為什麼。

「你們兩個人開心地在討論什麼事啊？」

突然闖入視野裡的是麗塔上下顛倒的臉。

空太反射性跳了起來。

離開陽傘底下的龍之介隱身躲到空太背後。

「咦～～DRAGON不是穿泳褲。」

抱著香蕉船與水槍的美咲發出覺得很掃興的聲音。

兩個人的泳裝裝扮太耀眼。麗塔穿的是藍白條紋，美咲則是活潑的黃色。兩位都是肌膚裸露面積很大的比基尼。

就各種意義來說屬於炸彈型的麗塔與美咲身後，是身著全白泳衣的真白，以及穿著遮住臀部的長T恤的栞奈。

「Yes！Glamorous！」

伊織跳著往陽傘這邊跑回來。

「太美了！太棒了！麗塔小姐！美咲學姊！活著真是太好了～～！」

他對眼前麗塔與美咲的姣好身材興奮不已，連骨折的手臂也一起舉了起來，向著海洋做出萬歲的姿勢，眼角看來還浮現了些微的淚光，似乎真的很感動。

栞奈以輕蔑的眼神注視著他。

空太將視線轉過來時，栞奈一臉認真地生氣了。

「請不要看我這邊。」

「怎麼啦，光屁股！妳不夠有精神喔！會輸給夏天的太陽喔！」

「突然就被帶來海邊，不管是誰都會感到不知所措。」

栞奈斷然反駁。然而，她所說的那個人——美咲卻喊著「呀呵～～！」便往海衝刺過去。

「Follow me～～！小伊織！」

伊織也乖乖地跟著追了上去。手臂不要緊吧……

「竟然因為海就這麼興奮，真是小鬼。」

栞奈以受不了的眼神看著跳進海裡的伊織。

「雖然嘴上這麼說，我倒是看到妳很認真地在挑選泳裝耶？」

麗塔向栞奈露出壞心眼的笑容。看來栞奈在長T恤底下也確實穿了泳裝。

「這、這個是……」

「是想給誰看嗎？」

麗塔繼續窮追猛打。

栞奈僅一瞬間瞥了空太一眼，強力否定：

「沒、沒有啊。」

「我倒是想要給某人看呢，真是可惜。你覺得我這件泳裝如何？龍之介。」

麗塔微微向前傾，強調胸前。

將龍之介擋在背後的空太視野所見是山峰與峽谷的大全景，更不用說不知該把視線擺在哪裡了。雖然這完全是不可抗力，但是聽到直白「哼」的一聲，實在讓人坐立難安。

「怎麼樣啊？龍之介？」

「不要以那身打扮進入我的視野。不要跟我講話。」

「看到我的泳裝打扮，一般都會像伊織那樣反應吧。」

充滿自信的發言，聽來卻毫不刺耳做作，因為這是任誰都會同意的事實。

老實說，麗塔穿著泳裝的姿態破壞力著實驚人。雖然明知真白就在旁邊，空太的視線還是忍不住被吸引過去。

真白又喃喃「哼」了一聲。這次空太則是臉部遭到潑水攻擊。

「嗚哇噗！」

他嚇了一大跳，把臉上的水擦掉。

「妳幹嘛啦！」

反射性向手上拿著水槍的真白抗議。

「空太老盯著麗塔看。」

「我、我才沒有！」

為了證明自己的無辜，他將視線轉向真白仔細觀察。她身穿胸前有個小蝴蝶結的白色比基尼，與雪白的肌膚相襯，更凸顯出清秀的印象。不過不可思議的，現在的真白身上並沒有像易碎物般的飄渺氣息。不知是隱約浮現的汗小或是防曬乳的關係，膚色看起來比平常更性感。

空太自覺到這一點，不禁心跳加速。

汗水從真白纖細的粉頸，沿著鎖骨的線條緩緩滑落，接著便受到以真白纖瘦的身型而言意外具有線條的胸前所吸引。

腰身是理想的玲瓏曲線，往臀部逐漸變寬的線條自然流暢。

空太吞了口水。

想要碰觸這肌膚的衝動在他體內開始流竄。

「空太？」

被真白呼喚才回過神來。

「啊、呃，那個……妳、妳有仔細擦好防曬乳嗎？不、不然，可是會曬得皮膚刺痛喔。妳看起來對太陽沒什麼抵抗力的樣子。」

空太語無倫次，拚命壓抑自己體內蠢動的慾望。

「我擦好了。」

「空太如果擔心，要不要幫她擦？」

麗塔遞出防曬乳軟管。

空太慌張地收回忍不住就要伸出去的手。麗塔似乎覺得很可惜。

「啊，對了，麗塔。」

雖然轉得很硬，空太還是換了話題。在大庭廣眾之下陷入蠢蠢欲動的情緒總是不太妙。

「我再確認一下，妳要參加遊戲的製作嗎？」

「我昨天應該已經這麼說過了吧？」

「妳的目標不是當畫家嗎？」

有充分的實力，畢竟還在美術展上展示過作品。

「關於這一點請不用擔心，因為我已經決定要慢慢創作作品了。學習不受繪畫限制的各種表現方法，來日本留學也是其中一環。絕對會有效果，應該說，我認為這將會是寶貴的經驗。」

「那麼，我是無所謂啦……」

空太與麗塔同時將視線轉向龍之介。本人倒是毫不在意的樣子，接著拿出智慧型手機，似乎開始操作起ＡＰＰ。

「你不說『我可是堅決反對』這種話嗎？」

麗塔露出不解的表情歪著頭。

龍之介只是瞥了麗塔一眼說：

「我要回集訓所了。」

之後便一個人快步走向防坡堤。

「啊，龍之介！」

對於麗塔的呼喚也沒停下腳步，沒轉過頭，連一點反應也沒有。他的背影很快地變小，上樓梯後便消失在防坡堤的另一頭。

「龍之介是不是有哪裡怪怪的？」

麗塔依然看著防坡堤的方向。

「嗯……也許吧。」

如此同意的空太身旁，真白微微歪著頭。栞奈則進陽傘底下，從包包裡拿出文庫本，一個人不發一語地開始翻頁。

「如果是平常的他，應該會斬釘截鐵地說出反對意見。」

「確實如此。」

「雖然一邊發牢騷，卻還是跟著到海邊來了……」

「這不是因為我跟麗塔死纏爛打邀他來的關係嗎？」

「就算這樣，還是很奇怪。」

「不過，最近的赤坂還滿常出現這種情況的喔。」

「比方說？」

「原本以為他絕對不會參加的教育旅行，他也一起去了。」

雖然每天都很孤僻地窩在飯店裡……

「還有呢？」

「伊織住院的期間，他也會跟我一起去探病。」

「……看來這確實有必要調查一下耶。」

麗塔以手指輕撫自己的嘴唇，陷入思考。

「龍之介身上發生了什麼奇怪的事嗎？」

「麗塔妳來了。」

「我是很認真地在問你。」

美女一旦生起氣來，可是非常有魄力。

「我也是很認真在回答……」

其他還有什麼呢？麗塔來了，也通過了Game Camp的審查……要說其他還有什麼事件，就只剩下那個了。

「教育旅行的時候，我親眼看到赤坂與國中時期的朋友見面。」

那是第一天晚上在札幌的住宿飯店發生的事。

「男的還是女的？」

麗塔往前探出身子問道。

「一個男的一個女的。」

「該不會是龍之介以前的女朋友吧？」

「嗯，這我就不知道了……」

「你的意思是說，也有這個可能性嗎！」

麗塔揪住空太。

「我、我也不清楚，就是看起來另有隱情的樣子。」

不知道男女關係是不是原因，不過確實存在曾經發生過什麼的氣氛。

「那個女孩子也對我說了一些奇怪的話。」

「奇怪的話？」

「我從澡堂回去的路上跟她擦肩而過。」

名叫池尻麻耶，感覺是念都市學校的時髦女孩子。

「她要我最好別跟赤坂一起製作遊戲。」

「你怎麼回答她？」

麗塔的眼眸深處閃耀著認真的光芒。

因此，即使空太覺得有些難為情，還是據實以告。

「我說那是不可能的。」

「……」

「我告訴她，我想跟赤坂一起製作遊戲。」

麗塔眨了幾次眼睛之後，露出微笑。

「這是很棒的回答。」

被人面對面這麼稱讚，總覺得很難為情。再加上對方又是像麗塔這樣的美女，讓人不禁喜不自勝。

真白瞄準竊笑的空太的嘴，再度發射水槍攻擊。水猛烈直擊空太的喉嚨。

「咳咳！」

他發出窩囊的呻吟聲，激烈地咳了起來。

「妳、妳突然在幹嘛啊！」

「又老盯著麗塔了。」

真白鼓著臉頰。

「那、那當然是因為我們正在談很重要的事啊！妳小時候沒聽說過嗎？說話的時候要看著對方的眼睛！」

「哎呀，那空太就真的是不及格了。」

「哪有啊？」

「剛才你不是偷看我的胸部好幾次嗎？」

「才、才沒有！」

空太雖然連忙否認，接下來卻不知該說什麼。無法反駁事實。

「空太學長真是差勁耶。」

連栞奈都責備起空太，但眼睛仍然看著文庫本。真的是空太不對嗎？話雖如此，這是健全的青少年會有的反應。真希望有個什麼青少年保護條例來保障。

「空太喜歡大的啊。」

「不，這是因為！」

才正想辯解，空太的後腦杓又被什麼巨大的東西撞上來。

「嗚啊！」

猛烈的氣勢讓他向前撲倒，因為絆腳的沙灘而完全失去平衡。

「香蕉船迴力鏢！」

過了一會才從後方傳來讓人聯想到過去機器人動畫的技名。

「這要先喊啦～～！」

空太對美咲抱怨並跌倒在沙灘上。眼前的真白也被波及。

「嗚哇！」

「……啊。」

這姿勢不管由誰來看，都會覺得是空太把真白撲倒。

真白的體溫紮實地貼在全身。空太的臉埋在真白的粉頸間，胸部到腹部的肌膚緊密貼合在一起，單腳被夾在真白的大腿之間，右手扒在她胸前的弧度上。受到驚嚇的身體一下子狂飆汗。

「大白天就這樣光明正大地撲倒對方，沒想到空太意外地很大膽呢。」

空太聽到麗塔那似乎很愉快的聲音而回過神來，慌張地站起身，也沒忘記牽著真白的手拉她站起來。

他一邊乾咳一邊撥掉身上的沙子。真白則由麗塔幫忙清理。

「抱、抱歉……」

「……嗯。」

真白微低著頭，沒有與空太對上視線。她的臉頰看來似乎微微泛紅。是自己想太多了嗎？

「我說，美咲學姊！」

空太正準備好好發牢騷而轉向美咲，這次她則試圖發射虎鯨船戰斧……或者該說是以摔角大迴轉的方式丟過來，空太用雙手確實接住了。

「虎鯨船戰斧！」

看來技名似乎是正確的，不過一點也高興不起來……

「喂～～！學弟你們也快點快點！比賽看誰先到對面的那個小島！」

「誰要比長泳比賽啊！」

就肉眼所見，那個小島在四公里以外。

「我們走吧，真白。」

麗塔握住真白的手，跑向打起浪花的海邊。

空太準備快步追上之前，先向陽傘下的栞奈開口了：

「栞奈學妹也一起來吧。」

「我不用了。」

「可是……」

「必須有人幫忙看行李。」

栞奈頑固地一動也不動。

「還有，請轉告那個笨蛋，右手臂絕對不要浸到海水裡。」

空太聽到她接著這麼說，判斷應該很難勸動她了。

「我知道了。那麼，行李就拜託妳了。待會我再跟妳換班吧。」

空太如此拜託完，也跑向了大海。

空太先讓真白坐上香蕉船後，再推進海裡，自己隨波浪緩緩漂動。初夏的海水溫度還有些低，但這讓陽光的曝曬感覺變舒暢。

悠閒的時光。雖然發生得很突然，不過空太很慶幸能來到海邊，而且還能看到真白穿泳裝的樣子……

然而，如此平穩的時間並不持久。讓麗塔坐在虎鯨船的美咲立刻急速接近，結果變成了將她們推回沙灘的比賽。

結果不用說，當然是空太慘敗。他被埋進沙子裡作為懲罰遊戲。

「因為你老是盯著真白的屁股看，所以才會輸。」

麗塔在空太身上堆沙子並如此說著。

「我才沒有！」

其實看了……不過，這也沒辦法。從後面用腳打水來推船前進的話，眼前就是跨坐在香蕉船上的真白的臀部，無論如何就是會進入視野當中，還忍不住想摸一下。不過，實際上根本沒有動手的勇氣……

「……」

真白默默地用雙手遮住臀部。

「空太好色。」

「看麗塔也被罵，看真白也被罵，我到底該怎麼辦？」

「誰知道。」

真白把臉撇開。空太不禁受到傷害。

懲罰遊戲結束後，加上只能在岸邊玩的伊織，眾人開始進行美咲提議的水槍大戰。

分成男女兩組，空太與伊織一組，對上真白、麗塔與美咲的聯合軍團。

各自在地盤上堆出沙山，立上旗幟。規則是只要旗幟被搶走就算輸，還有如果臉直接受到水槍攻擊也算淘汰。身體的攻擊則不算在內。

共進行了三回合，結果是空太這組三連敗。雖然能打倒幾乎不動如山的真白及意外遲鈍的麗塔，唯獨贏不了在戰場上縱橫穿梭自如的美咲。實際上，也可說是敗給了美咲一個人。順便一提，戰友伊織主要都是因為看美咲劇烈搖晃的胸部看得出神，每次都被瞬間秒殺。

「真是的，空太好過分，在我臉上噴得到處都是。」

「我也被激烈地噴了好多。」

「妳們說的是海水吧！」

玩膩了水槍大戰，接著舉辦沙灘上的沙雕對決。提議的人當然是美咲。

以空太、真白、麗塔、美咲以及伊織的順序排成一列，各自創作作品。

空太挑戰了簡單便能完成的富士山。堆沙子、用水強化，大概完成山的形狀時便站起身，若無其事地觀察敵情。

隔壁的真白似乎正在做「喵波隆」。也許是因為擁有世界級水準的藝術品味，做得很不錯。再過去的麗塔好像是做喵波隆的敵方「貓背艾因」，也是一目了然的高品質，不愧是生存在藝術世界的人。

只不過，還有一個比這兩人更不容忽視的人物。那就是美咲。如果空太沒記錯，那應該是卡帕多奇亞——位於土耳其的岩石遺跡群，屬於世界文化遺產，搭乘熱氣球的觀光行程似乎很受歡迎。唯獨美咲一個人是完全不同的規模與次元。

再這樣下去，空太便沒有獲勝的機會，將再度面臨懲罰遊戲。

然而，最後面的伊織跟空太一樣正做出山的形狀。不過，是兩座山。是雙子山嗎？看到伊織喜孜孜的側臉瞬間，空太發現自己的認知是錯的。兩座山，真面目是胸部。

「實在不想輸給伊織啊……」

話說回來，一直玩下來也有些累了，似乎該補充一下水分。

「我去拿飲料過來。」

順便去跟栞奈換班看行李吧。

「麻煩你了，卡帕多奇亞！」

美咲打了謎樣的招呼，空太走向放行李的陽傘下。這時，有另一道腳步聲追了上來。

真白與空太並肩走著。

「我也要幫忙。」

「喔。」

實在很稀奇。平常大小事總是都交給空太的真白居然要幫忙……該不會是所謂女朋友的自覺吧。一想到這裡，空太忍不住竊喜。

「空太的遊戲。」

「咦？妳說要幫忙，是指那個啊……」

看來似乎是自己會錯意了。

「嗯。我想幫上空太的忙。」

真白乾脆地點點頭。

「妳不是還有漫畫連載嗎？」

「我會一起做的。」

「不過，不可以。」

「為什麼？麗塔明明就可以。」

真白噘起雙唇表達不滿。

「就算妳露出那種表情也不行啦，」

要是一個不小心，差點就要被可愛的表情打敗了。

「為什麼？」

「因為妳想做的不是製作遊戲，而是畫漫畫……所以不一樣。」

之所以出現不乾不脆的回答，是因為空太對自己的心境沒有自信。

他也很明白其中的原因。在他的內心還藏有想不借真白的力量、只靠自己去完成什麼的想法。並非很強烈的心情，只是穩穩坐鎮在內心深處，散發出不容忽視的存在感。

也許只是無聊的自尊心作祟，也許只是無意義的堅持。然而，現在的空太實在無法考慮將真白納為製作團隊的一員。

「……」

空太沒有繼續說下去。明知道身旁的真白還在等待，卻已經無話可說。接著——

「算了。」

真白以鬧彆扭的口吻說完後，返回剛才的地方。

空太沒能追上去。

過一段時間再跟她談談吧。雖然不確定她能不能理解，但空太只有這個辦法。

重新調整心情，走向陽傘下。只剩十公尺左右的距離。

栞奈現在也還在陽傘底下，手裡拿著文庫書卻沒在看。

身旁有男性雙人組。兩人都頂著差不多長度的褐髮，只穿著一條泳褲。雖然聽不見聲音，不過看來兩人正很開朗地向栞奈攀談，栞奈則看似覺得很麻煩地垂下視線。

她不經意與空太對上眼，露出困擾的求助神情。

「怎麼了嗎？」

空太一邊靠近一邊發出聲音。男性雙人組同時回過頭來。他們年紀應該跟空太差不多，也許是身高比空太矮一些，看起來也像年紀更輕。

「什麼啊，已經有男朋友了啊。」

「早說嘛，真是的～」

兩人都露骨地表現出失望的樣子，一邊說著「打擾了～」一邊離開。看來應該是俗稱的搭訕吧。

「你不覺得那個女孩子很可愛嗎？」

「你有向那種金髮美女攀談的勇氣嗎？」

「沒有耶～」

男性雙人組談笑著，終於混入其他海水浴場遊客當中不見蹤影。

隨著太陽昇高，人潮也越來越多。大約每間隔五、六公尺就有一朵陽傘，底下鋪著塑膠墊。

空太重新調整心情後轉向栞奈。栞奈從剛剛就一直注視著他。

「幹、幹嘛？」

「為什麼不否定？」

「咦？」

「我可不記得有當過空太學長的女朋友。」

口吻聽起來有點像在鬧彆扭。

「喔喔，那個啊……嗯，抱歉。不過我只是想說如果對方誤會，能比較快解決。雖然也許造成栞奈學妹妳的困擾，惹妳不高興吧。」

「我並不覺得那是困擾。」

聲音細如蚊蚋，聽不太清楚。

「嗯？」

「也不會不高興。」

這句也是微弱得幾乎聽不見。

「我是說，劈腿會讓椎名學姊生氣的。」

「這算劈腿嗎？」

「我不知道。」

明明是栞奈提起的話題，空太卻碰了一鼻子灰。

「放著椎名學姊她們不管好嗎？」

與美咲等人會合的真白又重新專注於喵波隆的創作。

「我想應該還能贏過伊織，所以不要緊。」

「沒有人在擔心那種事。比起我，那三個人一定更容易被搭訕。」

「關於這一點，應該沒什麼好擔心的。」

「為什麼？」

「水槍大戰的時候已經來過好幾個人，全都被美咲學姊左手的戒指給漂亮擊退了。」

曬出健康膚色的型男們一知道對方是人妻後，就連忙道歉離開了。

「看行李的工作就交給我，栞奈學妹也去一起玩吧？」

「空太學長說的話真是過分耶。」

「咦？哪裡過分了？」

「要是跟那三個人在一起，就會覺得自己很淒慘。」

「這樣啊。」

空太含糊地回答，不經意看向栞奈，就被惡狠狠地瞪了。

「請不要看我。」

栞奈試圖把已經長得遮住臀部的長T恤再往下拉。因為拉過頭，單邊肩膀反而露了出來，隱約可見泳衣的肩帶。

因為沒預料到會這樣而嚇了一跳的栞奈，迅速遮住肩膀，滿臉通紅。

「妳該不會沒穿吧？」

空太開了個玩笑想轉移注意力。

「空太學長究竟是用什麼樣的眼光在看我？」

她露出彷彿盯著變態的眼神。不，「彷彿」應該是多餘的。

「下半身也好好穿著泳衣。」

「聽妳這麼說，我就放心了。」

因為她現在沒穿裙子，如果又沒穿底褲可就讓人捏把冷汗了。

「話說回來，最近妳那方面的狀況如何？」

「……」

這次空太則是被無言地瞪了。

「我沒什麼奇怪的意思，只是要問寫小說的狀況順不順利而已啦！」

「雖然跟之前的情節架構內容很不一樣……不過，確實在進行當中，預定暑假結束前可以完成初稿。」

「這樣啊？那就好。」

栞奈會不穿內褲，原因來自寫小說的壓力。進行順利的話，倒是好事一樁。這麼一來，便不需要大膽的紓壓方式了。

空太心想說不定負責照顧伊織，意外地會產生好的傾向。待在吵鬧不休的伊織身邊也不會覺得無聊，應該能減少一個人苦思得喘不過氣來的時間。

如果這麼告訴栞奈，大概會被全力否認就是了……

「順便問一下，這次是什麼樣的故事？」

記得她說過下一部作品是戀愛故事……

「是一個不起眼的女孩子單戀上有美麗女友的男孩子的故事。」

栞奈面無表情地望著大海。

「聽起來……真是個令人惆悵的故事耶。」

「是啊。」

栞奈的側臉看來也帶著某種惆悵。

要是一直盯著看大概又會被瞪，因此空太將手伸向冰桶，從裡面拿出飲料。

「來，這個拿過去給大家。」

栞奈沒有立刻收下。

「學長就這麼想看我的泳裝嗎？」

「要問我想不想看，我是想看啊。」

「……」

空太已經做好被辱罵的覺悟，栞奈卻沒說什麼。她低著頭陷入沉思，臉頰看來有些泛紅。

「既然學長都這麼說了，那就稍微……」

栞奈小聲喃喃後，坐著緩緩脫去T恤。粉紅底加白色圓點，是兩件式的泳裝，下半身是迷你裙的樣式。

「反正我知道自己穿起來不好看。」

「我什麼都還沒說吧？」

「你可以不用說。」

「可是我明明覺得很好看耶。」

「我、我都說你可以不用說了。」

栞奈一口氣說完，從空太手中搶走飲料，朝美咲等人的方向逃走。

很快便發現的美咲收下飲料，也讓栞奈參加了沙雕對決。

栞奈來到伊織旁邊，率先踐踏破壞了猥褻地聳立的兩座山。

「嗚啊啊啊啊！我的胸部！」

連在這裡都聽得到慘叫聲。

空太從後方眺望著對決的戰況，觀察了好一陣子。

約莫十分鐘後，率先完成作品的麗塔回到陽傘底下。

「嘿。」

她拍掉屁股上的沙子，在空太身旁坐下。

空太從冰桶裡拿出飲料遞給麗塔。

「謝謝你。」

「不客氣。」

「我有很重要的事要對你說。」

「重要的事？」

「你不可以對真白以外的女孩子太溫柔。」

麗塔的視線筆直朝向真白等人，而且看起來像是直盯著栞奈的背影。

「你知道我在說誰吧？」

「沒想到麗塔妳昨天才來，今天竟然就知道了。」

「我聽說伊織骨折的原因了。他說是因為跟栞奈一起跟蹤空太與真白約會。」

「大概吧。」

「那你應該想過為什麼會被跟蹤吧？」

「……多少有想過。」

空太回答得很含糊，因為自己曾確實思考過原因，對這個原因心裡也有個底。

「多少有想過是不行的。」

麗塔探出身子，一副認真地生起氣的神情。

「可是啊……就算栞奈學妹真的那麼想，那個……她也知道我正在跟真白交往啊？」

這是說出口會讓人覺得害臊的台詞。

「正因如此才更有問題不是嗎？」

「……」

的確如她所說。

「如果她是能很快放棄並重新整理好感情的女孩子，我也不用特意跟你說這些了。」

「說的也是。」

「請你要更只為真白著想。」

「……別看我這樣，我也是有在想的。」

「你們兩人有好好做過男女朋友會做的事嗎？」

「我們有在約會喔。」

「什麼樣的約會？」

「去水族館、去買東西，還有到附近逛逛。」

「只有這樣嗎？」

麗塔散發出危險的氣息，眼神表示「看你怎麼回答，我可是有可能會生氣的喔」。

「我、我們之前還去拍了大頭貼喔。」

約會完回家的路上經過電玩遊樂場，真白說了想拍看看。似乎是看到拿著貼紙走出來的情侶，因此感興趣。

「這是什麼？」

空太就像要提出證據似的，從行李中拿出錢包，讓麗塔看了與真白拍的照片貼紙。

麗塔面帶微笑施加壓力。

「就我看來，這只是空太與真白站在一起拍照而已啊？」

「這、這有什麼好不滿的？」

「你們兩個是男女朋友，應該更親密一點。挽著手臂、抱在一起之類的……如果是我，至少會親龍之介的臉頰喔？」

「我會告訴赤坂，如果被約出去拍大頭貼要多加小心……」

然而，空太也能理解麗塔的主張。原來如此，約會應該要這樣啊——空太感到佩服。如果只是站在一起拍照，交往前也能這麼做。這一點還是該老實地反省。

「請空太好好為真白著想，也要確實採取行動。」

「……行動啊。這點很重要呢。」

空太打從心底這麼想。不過，真的可以付諸行動嗎？可以對真白做些什麼嗎？萬一做出讓真白討厭的事，會不會陷入無可挽回的狀況呢？

「話是這麼說沒錯，不過還是有妨礙行動的障礙存在。」

「比方說？」

「櫻花莊是學生宿舍。」

現在連第二次接吻都還沒付諸行動。

「牆壁很薄，感覺連隔壁都聽得到聲音耶。」

「對吧？」

「那麼，要是有兩人獨處的機會，空太也會變身為狼嗎？」

麗塔調侃似的觀察空太的表情。

「畢竟我也是男人啊。」

之所以能這樣逞強是因為空太很清楚，在櫻花莊裡不太會有兩人獨處的機會。從真白來到櫻花莊後，曾經有過這樣的機會嗎？就空太的記憶是沒有。

「請不要忘了你剛剛說的話。」

麗塔揚起嘴角嫣然微笑，向空太挑釁。

「想問妳一件事做為未來的參考。」

「什麼事？」

「女孩子關於這個部分……是怎麼想的？」

「這、這個……那個……如、如果是發展到這個地步，會、會因為沒有經驗而有一些抵抗，不過……」

麗塔的聲音越來越微弱。

「不過？」

「其、其他的請自己想！」

麗塔難得滿臉漲紅。平常看來總是從容不迫，但麗塔並沒有跟男孩子交往的經驗，對於這方面的話題似乎意外地沒有免疫力。

「算了，慢慢來就好了，也沒必要急於一時。」

「要是真白也這麼想就好了。」

「咦？」

空太正想開口提出疑問，包包裡響起的手機鈴聲打斷了機會。

打來的人是千尋。

「您好，我是神田。」

『還「您好，我是神田」個什麼勁啊你？』

「對不起。不然我應該怎麼接電話比較好？」

『我說你啊，是不是忘了什麼重要的事？』

千尋似乎完全沒有要回答空太的意思。

「重要的事？」

『學期結束的應景詩。』

「……啊！」

遲了一瞬間，空太想起了「重要的事」。

「補考！」

不是空太，而是真白的補考。考試總是拿零分的真白，每個學期結束後都要接受補考。因為直升推薦以及「Game Camp」的事，空太完全忘了這檔子事。

『沒錯，正確解答。知道了就趕快回來吧。我已經幫忙協調好了，讓她可以下午以後再參加補考。』

「咦？現在嗎？」

時間已經逼近中午，如果趕回去應該能在下午兩點左右抵達。

『就這樣，拜託你了。』

「呃、等一下！」

還沒來得及說完，通話已經中斷。

「拜託我什麼啊——！」

即使大聲吶喊，現實也不會有所改變。然而，空太卻無法控制自己不要大叫。

3

總之，空太急忙與真白一起回到櫻花莊。轉乘公車與電車約兩個小時……對在海邊玩樂過後的身體而言，實在是難以忍受的痛苦。不過就算抱怨也無濟於事。

連喘口氣的時間都沒有，空太換上制服，讓真白記住模範解答，便往學校衝刺。

抵達時間是兩點半。

空太向已經等待許久的補考負責老師頻頻點頭道歉。這時，真白也只是杵在旁邊而已。

真白接受補考其間，空太在教室裡睡翻了。閉上眼睛，意識一瞬間便沉入夢鄉。

補考結束後，真白過來搖醒空太，這時天已經完全黑了。

「那麼，回家吧。」

即便對驕傲地展現滿分考卷的真白感到疲累，空太如此說完，兩人便一起離開學校。

從學校回家的路上不知打了幾次呵欠。

「呼啊，真的好累……」

真白大概是因為在回來的電車上已經狂睡過了，所以比想像中有精神。

「妳也該記得補考的事吧。」

今天一整天像懲罰遊戲的緊密行程，讓空太忍不住想抱怨個幾句。要是記得補考的事，一開始就不會到海邊了。

「我記得。」

「……真白小姐，您剛剛說什麼？」

「我記得。」

「那為什麼不早說啊！」

「我想去海邊。」

「妳喜歡海邊啊？」

「我想跟空太一起去。」

「……這、這樣啊。」

被這麼說並不覺得不愉快，反而很高興。

帶著莫名的難為情，空太與真白回到櫻花莊。

時間已經超過七點。

「我們回來了～～」

空太心想千尋應該在，出聲打招呼後拉開門。

「……嗯，咦？」

然而不知為何，室內一片漆黑。因為外頭有路燈所以不太在意，但一進到房子裡，發現玄關及走廊都沒開燈。

不僅如此，連千尋住的管理人室跟飯廳也沒開燈。

「老師，我們回來了喔。」

脫下鞋子，打開走廊的燈，踩上玄關的踏墊。

「……」

沒有回應，也沒有任何聲音。

「該不會去買啤酒了吧？」

如果是這樣，應該很快就會回來了吧──空太如此輕鬆地想著。

「千尋去泡溫泉了。」

聽到真白的聲音，空太一臉狐疑。

「什麼？」

「說是跟小春去泡溫泉了。」

真白將放在鞋櫃上的紙拿給空太看。

——我跟小春去熱海的溫泉過一晚，門窗安全那些就拜託你了。千石千尋

這筆跡以及開玩笑的口氣，毫無疑問是千尋留下來的。

「那個人也真是的……真拿她沒辦法。」

空太受不了地嘆了口氣。

「那麼，今天晚上就只有我跟真白了。」

這句話無意識地脫口而出。

「……」

「……」

然而，這卻讓空太察覺到一項重大的事實。

龍之介、伊織、栞奈與麗塔，甚至都鄰居美咲都不在。他們都在海邊的集訓所，現在應該正在舉辦麗塔的歡迎會，所有人圍在一起吃火鍋吧。一定是這樣沒錯。

會是什麼火鍋呢？空太原本也想參加。

不對，那種事現在一點也不重要。現在更應該思考的，是別的事……

沒想到竟然會連舍監千尋都不在……這麼說來……

「今晚是兩人獨處耶。」

「……是啊。」

即使試圖佯裝不在意，空太的聲音卻已經完全變調。

「換、換個衣服，然、然後就、吃、吃飯吧。沒錯，就這麼辦！」

空太不敢正視真白的臉，快步逃回101號室。

急忙關上房門。不過這種狀況也不會因此有所改變。

「兩人獨處……不會吧。」

如此喃喃自語的空太腳邊，灰黑虎斑貓小燕跑過來磨蹭，卻絲毫沒有冷卻亢奮情緒的效果。

燒開浴室的熱水，淡然完成晚餐的準備工作。大約三十分鐘後，空太與真白開始享用稍遲的晚餐。

當然，只有兩個人。

幾乎沒有對話。

「空太，幫我拿醬油。」

「喔、喔。」

還記得的就只有這些。總之，空太先專注於解決眼前的配菜，迫不及待想趕快回房間去。

吃完晚餐後，空太和真白先後泡了澡，療癒了一整天的疲憊。

在這之後，為了準備明天還剩一半的補考，空太在房裡讓真白記下模範解答。不用花太多時間，因為真白過目不忘。雖然搞不懂她的腦袋是怎麼運作的，不過她之前說過只要當作圖畫就能記住。實在是令人羨慕的能力。

因此，準備補考也只花了幾分鐘便結束，剩下的就是睡覺了。

「明、明天的補考可不能遲到，要趕快去睡覺了。」

聲音無論如何就是會變調。空太在腦海中不斷告訴自己，不要去意識這個狀況。不過，看來似乎是反效果。他的視線忍不住飄向坐在摺疊和室桌前的真白的雙唇，以及微微敞開的睡衣前襟。與身體貼合的睡褲則隱約透出內褲的線條。

空太察覺自己老是盯著這些東西，將看著真白的視線撇開。然而，畢竟難以抗拒剛洗完澡、散發著香氣的真白吸引力，視線就是會忍不住被吸過去。

完全啟動了奇怪的開關。

「好、好了，快回房間去睡吧。」

「……嗯。」

坐在地板上的真白緩緩站起身，準備直接走出房間時，在房門處回過頭來。

「空太。」

「幹、幹嘛？」

「晚安。」

「喔、喔，晚安。」

真白帶著補考的模範解答走出房間。微小的腳步聲逐漸遠去，上了二樓。

在完全聽不到腳步聲後，空太深深地嘆了口氣，躺在床上。

「真是太危險了……」

要是就那樣讓真白待在房裡，說不定會失去理智。

然而悲哀的是，並不能說這樣就解除危機了。血氣方剛的身體絲毫沒有要冷卻下來的跡象。

即使已經看不到真白，腦海中卻開始描繪真白的身影，而且都是白天看到的泳裝打扮，以及剛洗完澡、肌膚帶著粉色的模樣……

「這樣下去不太妙吧。」

今晚只剩兩人。

在櫻花莊裡兩人獨處。

空太與真白兩個人……

喉嚨咕嚕地嚥了口水。

——要是有兩人獨處的機會，空太也會變身為狼嗎？

與麗塔聊天的時候，壓根沒想到會有這種情況發生。然而，卻在比想像中更早的時間，這個機會來臨了。

不會再有第二次的機會……

「不對，等等，什麼機會啊……」

空太對自己的想法吐槽，翻身趴在床上，不斷用臉撞擊枕頭。

一個人思考的話，腦袋似乎快變不正常了。

這麼想的空太伸手拿了手機撥給仁。

第三次鈴響後，仁的聲音出現在話筒另一頭。

『怎麼了？』

「啊、呃，那個……」

電話一旦接通，又無法順利說出口。

『講話幹嘛吞吞吐吐的？』

「呃，你現在方便講電話嗎？」

『可以啊。所以，到底是什麼事？』

「那個……不、不知道該怎麼說。」

『沒事的話，我可要掛電話囉，空太。』

「啊啊！有、有事！」

『什麼事？』

「……」

即便如此，還是說不出口。

『我掛電話囉——』

「那、那個！」

『嗯？』

「我……超想做的。」

空太小聲嘀咕。

『……』

仁沒有反應。空太瞬間還以為斷訊了，不過不是這樣。過了一會，話筒傳來竊笑聲，接著又忍不住噗嗤一笑，最後變成大爆笑。

「這可不是什麼好笑的事……」

『抱歉，啊哈、哈哈哈哈哈！』

一點也不像在抱歉，笑聲只是越來越大。

『啊～～腹肌好痛～～』

不知道仁是不是在敲桌子，還傳來「砰砰」的聲音。

「對不起，我可以掛電話嗎？」

『抱歉啦。我都已經道歉了。』

聽起來大概還有一半爆笑的成分。

「我要掛電話了喔。我掛了喔。」

『等等、等等，我都說對不起了……有什麼關係？想做就做啊。』

「咦？呃，可是……」

『你不是很想做嗎？』

「呃、嗯，是啊。」

被這麼直白地說出來，還真讓人難為情。

『幹嘛啊，你該不會還在想一些有的沒有的事吧？』

「有的沒有的事……」

『像是不知道是因為喜歡才想做，還是只是單純想做而已。』

「關於這一點，我有自信是因為喜歡才想做。」

『喔喔，空太也長大了耶。那麼，你是因為擔心傷害到真白，害怕會因此被她討厭囉。』

仁似乎完全洞悉一切。

「……該怎麼說呢，我完全不知道真白對於這種事是怎麼想的。」

『那當然啦，我們是男人，永遠不會知道的。』

「就連前帝王仁學長也不知道？」

『完全猜不透。』

仁的聲音聽起來很乾脆。

『我能說的只有一件事。』

「什麼事？」

『一開始一定會有很多失誤，不過不用在意。』

「……非常感謝學長寶貴的意見。丁對！我、我還沒確定一定要做啦！」

『喔～～是、是，我知道了。』

相當敷衍的回應。

『那麼，加油囉。』

最後仁笑著這麼說，便結束了通話。

結果，情況並沒有改變。

看來還是乖乖睡覺比較好。

空太關燈後躺在床上，幾隻貓湊了過來。這個季節實在熱得要命，然而空太沒有餘力去留意這樣的酷熱。

腦海中純度百分百都是真白，想起今天在海邊撲倒真白時的肌膚觸感，滑嫩柔軟，還有舒服的香氣，想一直觸碰著。當時其實一點也不想與她分開。

「啊～～可惡！這樣睡得著才有鬼……」

即使如此，還是只能睡覺。明知徒勞無功，空太還是開始數羊了。就算睡不著，只要專心數羊，多少能分散注意力。

空太一隻、兩隻地數著，每一次都在腦海中想像毛茸茸的綿羊跳過白色的圍籬。

數到十隻，逐漸增加到二十隻、三十隻。

就在第三十一隻綿羊正要跨過圍籬的這一瞬間——

響起了敲門聲……

受到驚嚇的綿羊腳被圍籬絆到而跌倒，空太的背脊抖了一下。

立刻坐起身，望向房門。

「是真白嗎？」

戰戰兢兢地向房門另一頭出聲問道。現在櫻花莊裡只有空太與真白，雖然不用問也很清楚，不過如果是平常的真白，應該會連門也不敲就直接闖入空太的房間。

「……」

等了兩秒，沒有回應。

空太站起身，移動到房門前緩緩打開門。

真白就站在正前方，身穿睡衣，胸前緊抱著枕頭。

「怎、怎麼了？」

空太從剛才就一直想著真白的事……而且還有色色的幻想，所以難掩心中的動搖，聲音莫名高亢。

相對於這樣的空太，真白也罕見地只是低著頭。

過了一會，她以幾乎快聽不見的聲音喃喃：

「我今天要跟空太睡。」

臉蛋有一半埋進枕頭裡。

「等一下！咦！」

「我要跟空太睡。」

「妳、妳省略太多了啦！是要在我房間睡覺的意思吧？」

空太一股腦說出口，確認重要的事。

「……」

真白沒肯定也沒否定。

依然把臉埋在枕頭裡，視線往上偷看空太，眼眸中像是帶著羞澀與不安。

「……」

「……」

兩人陷入帶有獨特緊張感的沉默當中，情感的細線緊繃。不知從什麼時候開始，心跳變得急速激烈。

「我要跟空太睡。」

真白頑固地重複這句話。

「我、我知道了啦。來、來吧，快進來。」

空太讓真白進到房裡。

「妳就睡床吧。」

「空太呢？」

「我當然是睡地板啦。」

完全不知道自己在講什麼，遠比「來做遊戲吧」或「Game Camp」簡報時還要緊張。身體的感覺逐漸遠去，就連自己站在地板上的知覺都喪失了，視野開始搖晃不定。

「啊，明天還要補考，早點睡吧。」

口中乾渴，說起話來卡卡的。

即便如此，空太還是把想說的話說完，還沒確認真白是否爬上床便躺到地上去了。

背對著真白躺著。

感覺得到真白爬上床的動靜。

「……」

「……」

空太與真白都不發一語。

唯獨兩人的吐息聽來格外鮮明。

這又讓空太想起現在所處狀況代表的含意。

今晚，櫻花莊裡只有空太與真白。而且這個時刻，兩人在同一個房間裡，真白就在身邊。

曾經試圖藉由數羊來遺忘的慾望又翻騰高漲。原本就不是忘得了的衝動，也不是能輕易冷卻的炙熱，逐漸燃燒沸騰起來。

並不是像心情、情感或情愫這麼純真的東西。

只是想碰觸真白。

總之，想親吻她。

現在這一刻就想看到赤裸的身體，想要有肌膚之親，想做。

心臟的鼓動如此訴求，試圖輕易破壞理性。

真白應該也很明白今晚只有兩人獨處。在這樣的狀況下來到自己的房間，應該會允許自己這麼做吧。

空太腦中滿是對自己有利的解釋，想好了一堆正當化自己行為的理由。接著，就在他準備起身的時候……

「空太。」

真白喚了他的名字。

「！」

空太發出了不成聲的驚呼，動彈不得的身體一下子飆出汗水。

「幹、幹嘛？」

好不容易才擠出聲音回答。

「你醒著嗎？」

「怎、怎麼可能那麼快就睡著？」

隨著把話清楚說出口，空太拚命試著恢復冷靜。

「說的也是。」

真白的聲音融入寂靜的夜裡。

「……」

「……」

「妳有什麼話想說嗎？」

在黑暗中睜開眼，直盯著牆壁的一點。

「……沒有。」

「不然幹嘛啊？」

「……沒事。」

空太對她回答前一瞬間的沉默感到很在意。然而，藉由她翻身的動靜得知她背對著自己，便不再繼續追問。

雖然心想也許不是這件事，空太還是提出了話題：

「那個……是製作遊戲的事嗎？」

「……」

真白沒有回應。屏住氣息仔細聆聽著。

這正好用來鎮定詭異的心情，空太繼續說下去：

「我在海邊也說過了，希望真白妳專注在漫畫上。想製作遊戲的人是我，不是真白吧？」

「……」

空太只動了脖子轉過頭去，眼角餘光看到的真白一動也不動。不過，空太就是知道她正醒著聆聽自己說話。

「因為這是我的目標，就交給我來做吧。」

「……」

真白還是什麼話也沒說。空太無從判斷她已經理解或還不理解。

因此，他對著不發一語的真白背影說：

「晚安。」

只能這麼說了。

之後，空太與真白沒再說話，只是嘗試入眠。雖然明知睡不著，還是試著睡了……

隔天早上，空太被貓咪踐踏臉部而醒來時，床上已經不見真白的身影。彷彿要證明昨晚的事不是一場夢，只留下凌亂的床單與堆成一團的毛毯。

「真白？」

空太呼喚名字並環顧房內。床底下、桌子下及櫃子裡都找過了，仍不見真白的蹤影，只剩下貓咪。

是不是去廁所了呢？

空太這麼想著走出房間。

來到走廊上，留意到下樓梯的腳步聲。

走下樓梯的人當然是真白。

教人吃驚的是，她已經換好制服，衣領與襯衫下襬也都確實整理好了，兩腳襪子都穿戴整齊，平常總是嚴重睡得亂翹的髮型也梳整得乾淨美麗。

「空太，今天要補考喔。」

「不要講得好像是我要補考一樣。」

「快點換衣服。」

「被妳這麼說，不知為何就有種複雜的心情。」

大概因為這是至今空太對真白不知說了幾百次的台詞吧。

「快點換衣服。」

走下最後一階樓梯的真白看來有些不高興。

望向空太的視線也帶著訴說不滿的眼神。

昨晚的事恐怕就是原因。空太要真白不要在意遊戲製作，應該專心在自己的漫畫上。真白大概是對此感到不高興吧。話雖如此，惟獨這一點空太也絕不能讓步。

因為空太與真白各有不同的目標，這一點應該明確地區別比較好。

就在一臉嚴肅的空太面前，真白打了個大大的呵欠。仔細一看，她現在也幾乎要把眼睛閉上，一副很睏的樣子……才這麼想，她就坐在玄關打起盹來了。

「啊，不准睡！」

「空太不讓我睡。」

「那是我的台詞吧！」

真白就在身旁，不可能輕易入睡。再加上空太與無處發洩的慾望激烈戰鬥，入睡時已經接近天亮時分，還記得當時窗外的天空已逐漸泛白。

原本以為真白一定睡得很熟……這到底是怎麼回事？仔細觀察她的眼周，看得出她跟空太一樣睡眠不足。

「我說妳啊，都已經占據我的床了，還沒睡好嗎？」

空太脫口說出不滿時，真白立刻抬起頭來直瞪著空太。

「幹、幹嘛啊？」

「空太不讓我睡。」

「我都叫妳別說了！」

「唔……」

她露骨地表現出不高興。

「算了。我去補考了。」

起身的真白穿上鞋子，一個人準備出門。

「啊～～等一下！妳會迷路啦！」

「哼！」

真白打開玄關的門，真的走了出去。

「啊～～真是的！」

空太急忙跑回房間，急速換好衣服，衝出玄關。果不其然，真白正朝與學校相反的方向逐漸遠去。

「學校在這邊啦！」

空太的聲音空虛地迴盪在夏天的晴空下。

4

第二天的補考終於也順利落幕了。

這天的傍晚時刻，美咲等人也從海邊的集訓所回來，再加上新成員麗塔，櫻花莊很快恢復成平常熱鬧的模樣。

然而，唯獨真白的心情沒有好轉。即使過了兩天、三天，每當看到空太的臉就會發出不滿的聲音，表現鬧彆扭的態度。

雖然也試著給她年輪蛋糕，或用頂級波蘿麵包取悅她，卻沒能得到顯著的成效，空太很快便束手無策。

話雖如此，他也沒辦法只關心真白。

就像提報當天約好的，那天起的一週後，也就是七月二十六日，召開了與「Game Camp」負責人員的討論會議。

這一天，在約好的時間來到辦公室，空太被帶到了會議室。已經在房裡等著的，是上次提報時也在，叫做戶塚的三十幾歲男職員，以及較年輕的短髮女職員。空太收下名片，上面寫著早川里美，頭銜是第一開發部的企劃人員。戶塚的全名是戶塚亘輝，同樣隸屬於第一開發部，職稱則是監製。

不見藤澤和希的身影。身為研發人員又是開發公司的社長，理所當然會很忙碌。

「藤澤先生也會參加中間的確認作業喔。因為那個人很喜歡這個工作。」

似乎是察覺到空太在找和希，職員便如此告知。

首先是再次確認「Game Camp」的企劃概要，以及說明契約內容。一個是關於開發機材的保密條款，另一個則是遊戲完成並決定商品化時的獨家販售權……簡言之，就是承諾不提供給其他開發公司。

拿到手上的契約書內容艱澀，寫著甲方與乙方的權利義務……雖然很難懂，不過早川里美全都詳實仔細地說明了。

「契約內容就如同我剛剛說明的，還是請你拿回去再次做確認。」

「好的，我知道了。」

雖然很想省去麻煩，不過職員一再叮嚀「是很重要的事」，所以空太也無可奈何。而且因為空太未成年，契約書上似乎還需要家長蓋章。必須先閱讀理解，才能向父親說明。

之後確認必要開發機材的數量，也順便告知已經找到了繪圖人員。

空太還報告了大致的開發期程。

以目標來說，希望明年二月底能夠完成。

「期程精確度很高呢。」

看了空太提出的資料，早川里美似乎感到佩服。

「因為我們有很優秀的程式設計師。」

空太如此說明，她便說著「喔——」表示理解。她似乎也聽過赤坂龍之介這個名字。

最後，約好每個月召開一次定期會議。

「就請當作是進度報告的討論。開始開發遊戲後，應該會產生許多問題。要是能早期發現，討論解決對策就好了。啊，當然，如果有任何問題也不用等定期會議，可以直接找我們商量。請不用客氣，儘管跟我們聯絡。」

「我知道了。」

「說明就是以上這些。神田先生，這樣沒問題嗎？」

「是的。今天非常感謝你們。」

「那麼，機材大約四天後會準備好，再麻煩你了。」

「哪裡，我才要請你們多多指教。」

就這樣，結束了這一天的討論。

開發機材在四天後的七月三十日送到了櫻花莊。一組將由龍之介使用的程式設計師專用配套工具，還有三組預定由空太、伊織、麗塔使用的除錯工具。程式設計師用的是類似大型電腦，除錯工具外觀則像市售的電視遊樂器，只不過LOGO旁邊還有「TEST」的字樣。

光是要從箱子裡拿出來就教人興奮不已。

然而，在開封階段……

「唔！」

空太忍不住發出呻吟，手停了下來。

寫了使用說明的參考書很厚重，大概有電話簿那麼厚，壓迫感非比尋常。

「要讀這個嗎？」

空太內心受挫。

「你在發什麼呆？拿給我。」

龍之介說完，俐落地將機材接到各房間的電腦，並安裝開發用軟體，讓一切準備就緒。不過，因為他斷然拒絕進203號室——麗塔的房間，因此只能由空太接受女僕的指示進行組裝。

——如果不是龍之介大人的命令，我也斷然拒絕為外國產的害蟲工作。空太大人，不如請您現在就把她沉到海裡去吧（心）

像這樣，女僕也在途中不斷抱怨麗塔……

組裝方面也順利完成。動手做一次之後，就會發現其實沒那麼困難。

傍晚開始進行的機材準備，也在十二點之前完成了。

接下來的日子將會與過去截然不同。

因為暑假期間不用去學校，所有時間都可以用在遊戲製作上。

剛開始的第一週，與龍之介討論並決定遊戲整體的分量。可製作的素材數量有所限制。同時，清查絕對必要的繪圖與音效素材，委託麗塔與伊織創作，讓他們盡早加入作業。

第二週開始確定細部的遊戲內容。空太開始建構遊戲關卡。使用Spreadsheet，決定戰鬥舞台的形狀、寬度，還有配置敵方怪物的地點、數量與種類。再配合這些，開始思考關卡最終登場的頭目怪物攻擊模式。

順帶一提，其中只有需要高難度動作操控的頭目怪物建模作業是拜託美咲做的。雖然麗塔有些不滿，不過因為深知美咲的實力，似乎也沒抱怨。

「等我習慣作業後，也請讓我製作頭目。」

還說出積極正面的發言。

到了第三週，繪圖與音樂委託也完成了一半左右，剩下的就得看關卡內容而定。總之，空太不製作遊戲關卡的話就無法有進度。

到了這時期，當初委託的素材資料也都陸續完成，因此決定由全部的人進行確認。

晚餐過後，空太召集龍之介、麗塔及伊織到１０１號室。

從伊織創作的樂曲開始播放。委託他創作的是在遊戲開頭使用的戰鬥樂曲，還有預定在一般頭目戰鬥時使用的曲子，共計兩首。

每一首都有極高的完成度。唯一美中不足的是開頭的戰鬥樂曲還好，另一首則像是歷經漫長冒險後抵達最終頭目戰鬥般沉重而過度誇張，不適合用於最初關卡的頭目戰。最大的問題是，以節奏動作遊戲而言，難度將會過高。話雖如此，倒也別有用途，因此空太認為只要請他再做新的曲子就好了。

「伊織意外是個很有能力的人呢。」

第一次聽到伊織創作樂曲的麗塔也感到佩服。

只有龍之介露出嚴肅的表情。

「頭目戰不能用這首樂曲。」

「噫！為什麼不行？」

「看來神田好像不打算說，那就由我來說。樂曲跟使用的場景氣氛不搭，以節奏動作遊戲而言，曲調也太難，如果是在遊戲最後倒還好，如果開頭就用這首樂曲會過於不平衡。」

「是、是這樣嗎？」

伊織求助般轉向空太。

「所以，這首曲子放在最後的頭目戰就好了。你能再另外做一首曲子嗎？」

「好的，如果是這樣，我當然很樂意！」

「鳥窩頭要先理解遊戲的意義再作曲。」

「了解！」

他真的了解了嗎？總覺得他還沒有很明白的樣子。

「神田，在提出需求的時候，應該也要針對想要的氛圍確切討論。」

「說的也是。我會花多一點時間讓彼此在想要的感覺上達成共識。」

接著確認麗塔做的敵方怪物。請她做的工作是減少試作版時完成的資料多邊形網格。

空太用除錯程式去運作，藉由開發遊戲機材將麗塔做的３Ｄ模型顯示於電視畫面上。

麗塔以控制器轉動影像，展示成果。

「如何？」

原本完成度就很高，因此沒得挑剔。減少多邊形網格雖然讓品質有些降低，卻也足以漂亮地呈現出來。

「還不錯吧？」

麗塔向龍之介徵求意見。他的表情依然嚴肅。

「我應該說過要妳減少三成的多邊形網格。」

「所以我減掉三成了。」

麗塔挺起雄偉的胸部，在衣服底下大大晃了一下。

「我可沒叫妳讓品質降低三成。」

「這也沒辦法吧。減少了多邊形網格勢必會略為遜色。」

「就玩家的立場才不管妳製作方的問題。難道妳對使用者也能辯稱是『沒辦法』嗎？」

龍之介若無其事地淡然說道。

「這個嘛……」

連麗塔也為之語塞。

「總之妳是帶著『隨著網格減少，品質降低也是沒辦法的事』這種意識開始工作的吧？」

「是這樣沒錯……」

麗塔一臉十分厭惡的表情承認了。即便如此，她也沒將視線從龍之介身上別開，倒是很有她的強勢作風。

「以後，不但不能降低品質，還要以更提升品質的想法進行作業。光是『只差一點點應該無所謂』的消極想法，是做不出好東西的。」

「這點你說的也沒錯……」

麗塔已經完全在嘔氣了。

「以留學女的繪畫能力來看，應該還能做出更高品質的3D模型。因為比起軟體使用是否上手，雖說是3D，繪畫能力才更重要。連這麼基本的道理都要我來說。」

因為被稱讚而一度笑開的麗塔，結果還是又變得不高興了。

「我知道了。我改，我改就好了吧！」

她的聲調帶刺，緊繃的氣氛一觸即發。

「還有，神田你也是。」

「我？」

完全大意了。

「你確認素材的眼光要再嚴格一點。當你想著『算了，這樣就好了吧』而妥協的東西，使用者也會覺得『算了，就是這種程度而已吧』。」

毫無反駁的餘地。

「目標品質的標準，要想著已經在販售或在雜誌上發表的遊戲等級。使用者的眼睛可不會因為是第一次製作的遊戲就比較慈悲。」

正如他所說。

「我想說的就是這些。那麼，我要回去開發製作關卡要用的引擎了。我想讓神田盡早開始編製遊戲關卡。」

不待任何人回應，龍之介站起身，接著便走出房間。很快的，隔壁房間傳來關門聲。

「還有其他比較委婉的說法吧。」

麗塔即使噘著嘴表達不滿，也只是小聲說道，因為她能理解龍之介所說的完全正確。

「DRAGON學長超嚴格的耶。」

伊織一臉還沒能從打擊中振作起來的表情，露出害怕的樣子。

接著，空太的手機收到了簡訊。

——轉述來自龍之介大人的話。「趕快回去工作，不要浪費時間了。」要是扯龍之介大人的後腿，我就會送病毒給你喔。尤其是外國產的害蟲更要謹記在心！女僕敬上

空太讓麗塔與伊織看了簡訊。

「龍之介，我有話要跟你說！」

麗塔一邊向隔壁房間出聲一邊走向走廊。看來似乎是到了忍耐極限。

「DRAGON學長好厲害喔。」

相對於麗塔，伊織眼睛莫名閃閃發亮。

「一下子就讓我理解了現在的做法與想法是行不通的。他說的沒錯耶。既然要製作出來販售，當然要跟現在暢銷的遊戲在同一條起跑線上。我能理解，我超能理解的！」

「那麼，我們就彼此加油吧。為了不要挨赤坂罵。」

「好！」

如此發誓的空太與伊織耳裡聽到了麗塔持續好一陣子的激烈敲門聲。

隔天過了中午，龍之介來到空太的房間。

「神田，遊戲引擎完成了。」

他說完便開始在電腦安裝東西。

完成後，畫面上顯示出麗塔製作的地圖。森林舞台、平原舞台、山地舞台，以滑鼠點選就能切換畫面。

選擇地圖後，以滑鼠點選已登錄的敵方怪物，再放到想擺放的地方就可以了，與樹木或住家等物件一樣。

配置結束後，再用除錯工具進行轉換，使其動作。

光是這樣的步驟就完成了一個關卡，已經顯示在房裡的電視畫面上。用控制器操縱玩家角色，就能讓他到處走來走去。

「赤坂……你到底有多厲害啊？」

正因自己有過設計程式、製作射擊遊戲的經驗，所以很清楚。這個遊戲引擎太方便了。自己設計的時候，在只有文字的畫面上與數字和英文字母格鬥，花了好幾個星期才讓遊戲有了雛形。如今卻一點也不費事，全部都能以視覺來處理。這麼一來實在太教人開心了。

「這樣的話，關卡結構與難易度調整就能全部交給神田你了。」

「嗯，我想應該沒問題。」

只要調整敵方配置地點與數量就能變更難易度。

「如果有什麼不足的機能再告訴我，隨時都能再追加。」

「我會先試看看的。」

「那麼，我明天就開始著手音樂遊戲部分的程式了。」

「拜託你了。」

充實的日子如箭飛逝。

即使在這樣的狀況下，空太還是一如往常持續每週與真白約會一次。去看電影、逛動物園，有時則只是到商店街去買東西。

雖然擔心她會不會又說要參與遊戲製作，因而警戒了好一陣子，然而真白自從去海邊那天以來，便沒再提過這件事。

是已經接受了嗎？雖然空太很想這麼認為，但有時真白又會表現出奇怪的態度，所以無法完全釋懷。

每當約會快結束時，真白總是會用眼角餘光偷瞄空太。

「怎麼了？」

「沒事。」

儘管空太開口問了，她也只是這樣回答。接著，又會在回家路上偷瞄空太，顯然就是有話想說，就連她的「沒事」也難得聽來有弦外之音。

「我說，妳怎麼了？」

「沒事。」

「到底怎麼了？」

「沒事。」

「妳看起來根本就不是沒事的樣子吧。」

「沒事。」

不管問幾次都是同樣的感覺，完全搞不懂是怎麼回事。不過，因為她看起來心情也沒有特別不好，空太只能不去在意了。

就這樣隨著時光流逝，八月也來到下旬的二十日。到醫院複診的伊織回來後，右手臂的石膏已經拆掉了。

休養了兩個月的右手臂明顯消瘦、彷彿輕輕一碰就會折斷。不過似乎已經不痛了。

「你回來啦，夥伴！」

伊織開心地說道。

「再見了，三角巾！」

白布被他一鼓作氣甩到空中，飄然落在飯廳的地板上。

不過，曾經骨折的手腕動作還是很僵硬，幾乎無法彎折或轉動。被固定成直角的手肘也一樣，一個不注意伸展又彎曲便痛得死去活來。

「嗚喔喔喔喔喔！我的手肘啊啊啊啊！」

「你怎麼會笨成這樣啊。」

栞奈撿起被拋出去的三角巾。

「醫院的醫生不是說過了嗎？你的手腕跟手肘都還需要復健。」

她一副真是受不了的樣子，將三角巾掛在伊織脖子上。

「你回來啦，三角巾……」

伊織乖乖地將右手交給它。

隔天，伊織便開始每天出門復健。

看他每天出去都很開心似的，還以為是什麼原因……

「是一個豐滿的護士姊姊負責幫我復健喔！」

果然得到了不出所料的答案。

復健看來很順利，原本就沒有受傷的手肘幾天之後就能伸屈自如，手腕也稍微可以動作。一個星期後，幾乎已經能順利用筷子吃東西了。

八月三十一日，暑假的最後一天。

傍晚時分，從福岡老家回來的優子帶了伴手禮明太子來拜訪。

「來，這給你，哥哥！不過這只是藉口，搶走我的２０３號室的狐狸精是哪一個！」

還如此慷慨激昂地說了。

「哎呀，這個小學生是誰啊？」

不過，被麗塔笑容以對……

「I can not speak Japanese！」

她便以生硬的英文回應。

「妳連日文都不會講嗎……」

空太簡單地向麗塔介紹優子，便把還沒寫完暑假作業的優子交給了毛遂自薦「我來教妳吧？」的栞奈。

「妳真是幫了大忙啊，栞奈學妹。啊，不過，妳的小說沒問題嗎？」

「昨天已經完成初稿了，現在正在等編輯確認，所以也沒事可做。」

「這樣啊，那就拜託妳了。」

之後吃完晚餐、洗完澡後，空太為了明天的「Game Camp」進度會議，與龍之介一起做準備工作。

大致上都依照既定期程進行。

確認到音樂項目時便停了下來。

剛開始依期程做出曲子，但八月中旬以後速度就掉下來，現在已經晚了一週左右的進度。完成的樂曲品質很高，做出了空太傳達的感覺。也許是因為這樣，所以對些許延遲不以為意。

「赤坂，你覺得怎麼樣？」

空太手放在紙上指給龍之介看。

「這不是好現象。」

這就龍之介而言算是保守的說法。

「去問問看伊織的想法吧。」

空太拿著期程表起身，來到走廊上往伊織住的１０３號室走去。龍之介也單手拿著筆電。

「伊織，現在方便嗎？」

空太一邊敲門一邊出聲詢問。

「啊，是！請進！」

開門走進房裡，伊織正坐在書桌前與電腦格鬥中。似乎碰巧正在作曲，螢幕上顯示著樂譜。

快步走進房裡的龍之介先坐在床緣，空太也接著坐在他旁邊。

「還順利嗎？」

看著畫面問道。

「是的，真是亂開心一把的！」

得到了與問題無關的回答。因為對象是伊織，這種情況是常有的事，所以決定不去在意，不然會很累。

「可是啊，一旦開始煩惱就會很辛苦，感覺好像快吐了。現在正是如此耶。」

這不是應該笑著說的內容，然而不可思議的，伊織看來很開心的樣子。

「嗯～～再等一下下，就快要有很驚人的東西出來了。」

「快去廁所吧。」

「我是說曲子的感覺啦！啊！該不會是要問我進度吧？」

他似乎發現了空太手上的資料。

這時，有個優美的聲音插話進來。

「啊，原來在這裡啊。」

麗塔就站在敞開的房門外。

「嗚喔！」

忍不住驚呼，原因在於麗塔穿的服裝。

她身穿制服，而且是水高的夏季制服。

明明尺寸沒有太小，胸前卻很緊繃，從玲瓏有緻的腰身到臀部的線條極具魄力，沒穿絲襪的美腿也十分性感，散發出赤裸裸的魅力。

雖然去年她來日本時借過美咲的制服，所以看過一次，但這並不是看一次就會習慣的景象。

「麗塔小姐實在太美了！請跟我結婚！」

伊織喘著氣跟麗塔求婚。

「對不起。我心有所屬了。」

然後，當場遭到拒絕。

「不過，真是太棒了！」

即使被甩，伊織依然很有精神。

「如何啊，龍之介？好看嗎？」

麗塔當場轉了一圈，裙襬輕盈地飄了起來，好像看得到卻又看不到。就在只差一點點的瞬間，麗塔若無其事地用手護住裙襬。

「從明天起，我也要穿這制服去念水高了。女高中生喔。」

一定會很醒目吧。

「是不是也該讓我聽聽龍之介的感想了？」

「不適合妳。」

龍之介繼續喀噠喀噠敲著鍵盤。

「……」

麗塔露出不高興的樣子。也許是很有自信才跑來讓他看的吧。

不過，正如龍之介所說，空太也不覺得水高的制服適合麗塔。該說看起來很像Cosplay嗎？

簡單來說，就是服裝跟不上麗塔。

「神田，該回正題了。」

「嗯？喔喔。」

「只有男孩子聚在一起，是在討論什麼事？」

龍之介的眼神表示不用告訴她。

「啊，因為我作曲的進度慢了，所以正在想辦法……是吧？」

很遺憾，這對傾心於麗塔的伊織似乎起不了作用。

「如果是這件事，我也要參加。」

麗塔搖曳著裙襬走進房裡，一屁股坐在空太與龍之介之間。龍之介立刻拉開距離。

「這就要靠我的意志力來努力！」

率先發言的人是伊織。

「駁回。」

「我可是該認真的時候就會認真的男人喔？」

「毅力什麼的根本不值得討論。」

被斬釘截鐵駁回，伊織垂頭喪氣。

麗塔摸摸他的頭安慰他，他瞬間復活並站起身。不過大概是沒有勇氣在龍之介面前再說出思慮不周的話，便又不發一語地坐回椅子上。

「欸，伊織，我想問你一件事。」

「什麼事？」

「以一首曲子做出各種版本，需要花很多時間嗎？」

龍之介、麗塔與伊織的視線集中到空太身上。

「不是很常見嗎？音樂盒版本之類的。抒情版本、舞曲編曲，還有……」

空太思考著，飄移的視線落到放在房間一角的電子琴上。

房裡的所有人應該都一樣了解到其中的含意了。無人例外，當然伊織也是……

「還有像是鋼琴演奏版嗎？」

離開書桌的伊織來到電子琴前，輕輕敲著鍵盤。沒有聲音，因為還沒打開電源。外觀看來並沒有被灰塵覆蓋，應該是因為伊織有細心保養吧。

「就算要做改編版本的樂譜，我想應該還是需要花一些時間。」

「這樣啊。」

「不過，倒是不會有想不出曲子而生不出進度的情況，所以我想數量應該足夠。」

伊織如此說著，在電子琴前坐了下來，將手伸向電源。

「如果手臂能動，就會做得比較順利……」

他帶著不安的表情，放在鍵盤上的雙手微微發抖，雙腳也顫抖著。

深呼吸後，開始彈奏電子琴。

是伊織在試作版時創作的樂曲，像是動畫片頭曲的流行曲調。

開頭很輕快。聽到之後，空太確實鬆了口氣。然而，接著立刻大走音，當下馬上明白彈錯了，不禁渾身冒冷汗。

緊張感一口氣飆高。

伊織從彈錯的地方重新彈奏。彈了幾小節後，再度出錯。

從面對鍵盤的伊織背影感覺得出焦躁。接著，焦躁又造成連續的失誤。第三次彈錯。

「這是怎樣啊……」

傳來夢囈般的聲音。

「這是怎樣啊……」

無法置信的震驚，身、心與聲音都因為恐懼而顫抖不止。

「這隻手是怎麼回事……」

伊織一臉鐵青地看著自己的右手。

「這才不是我的手！」

站起身的伊織揮著握拳的右手。

「伊織！」

空太像子彈般急速衝過去，從身後架住伊織。

「放開我！放開我！」

「冷靜點！」

「叫我怎麼冷靜得下來！」

伊織如此吶喊著，身體卻瞬間失去力氣。如果不是空太扶著，幾乎就要站不住了……

慢慢離開電子琴，空太讓伊織坐在麗塔剛讓出來的床緣。

「對不起……」

伊織仍然低著頭，茫然喃喃嘀咕。

「請讓我一個人靜一下……」

不理會還在猶豫的空太，龍之介率先站起身。原本擔心龍之介會不會說出什麼，不過他只是瞥了伊織一眼便默默走出房間。

「啊，龍之介！」

麗塔責難般追了出去。

「還有空太學長也是……」

「伊織，不能打鋼琴喔。」

「……」

沒有回應。

「如果實在想打什麼，那就揍我好了。」

「……」

「如果你受傷就不好了。」

依然沒有回應。

「那麼，我走了。」

最後只說完這些，空太關上房門。

龍之介與麗塔在走廊上等待。

「……」

「……」

別有深意的視線交集。

這時，浴室的門打開，身穿淺粉紅色睡衣的栞奈走了出來。似乎是立刻察覺到不平靜的氣氛，於是出聲問了：

「怎麼了？」

沒有人回答她。相反的，龍之介率先開口：

「神田，去找新的音效人員。」

他以極為平常的口吻向空太說了。

「……什麼意思？」

空太凝神看著龍之介。

「不用我說，你也應該知道吧。」

栞奈的視線在空太與龍之介之間來回。

「鳥窩頭已經不行了。」

「別擅自決定。」

「不用做樂觀的推測了。在那個精神狀態下，我不認為他能做出好的樂曲。」

「……」

「不難想像今後會如何發展。期程嚴重延宕、品質低落，剩下的就是計畫失敗。」

「可是……」

「明知不可行，還有硬撐下去的意義嗎？」

「這個……」

「這可不是『不行的話也沒辦法』的製作工作。」

「伊織自己什麼都還沒決定，你們卻開始討論要找其他成員，未免太擅作主張了吧。」

麗塔以清楚明確的語氣插話提出意見。

「擅作主張也無所謂，如果計畫無法完成就沒意義了。我有說錯嗎？神田？」

「……」

「一開始我應該就說過，觀念的差異遲早會產生問題。」

龍之介斜眼看著麗塔。

「看來你似乎也有話想對我說啊。」

「不用我說，妳應該也很清楚吧。」

龍之介對於她身兼藝術一事感到不高興，認為這樣無法創作出真正好的東西。

「我也跟伊織一樣，是認真地在製作遊戲。」

「……」

「……」

龍之介與麗塔的視線沉默地碰撞，兩人互瞪了幾秒，氣氛為之凝結，因人類負面的情緒而變混濁。

完全被牽連進來的栞奈只能在難以脫身的氣氛中靜靜站著。

「這樣下去就算完成遊戲，也沒有任何手感與成就感，只是徒具形式的東西。神田覺得這樣也無所謂嗎？」

「……」

怎麼可能無所謂？空太並不是以做出這樣的東西為目標製作遊戲的。好不容易……終於到手的機會，不想就這樣糟蹋了，絕對要避免因為嚴重失誤而讓這個機會化為烏有的情況，想盡可能往前進。空太早已下定決心要為此盡自己最大的努力，打算將一切投注在製作工作上。

然而，空太最後還是沒能將這個想法說出口。沒辦法改變狀況，只是把希望掛在嘴上是沒有意義的。這不是龍之介想要的答案。

「看來我的目標與神田你期望的目標有所差異。」

龍之介決定性的一番話在空太胸口轟隆作響，彷彿被巨大的東西猛撞的衝擊，甚至感到一陣昏眩。

原本一直以為進行得很順利的遊戲製作，曾幾何時已經烏雲密布。

當自己回過神時，已經身處於暴風圈當中。

寵物女孩

第四章
他們所描繪的夢想的輪廓

1

隔天九月一日，一早便下起豪雨。

時間已經差不多了，卻不見伊織從房裡走出來。叫了他好幾次，103號室的門卻仍然毫無動靜。

無可奈何，空太只好與真白、栞奈、麗塔一起去上學，並懷抱著「說不定他明天就會從房裡出來了」這樣淡淡的期待……

睽違了約四十天的學校並沒有許久不見的感覺。三年級的教室頗為沉靜，也沒有開心聊著暑假回憶的氣氛。這個夏天，終日埋首念書的學生不在少數。

在這其中最常聽到的話題，就是突然出現在美術科的金髮美女的傳聞。好像是真白的朋友，或者聽說住在櫻花莊之類的，各種情報滿天飛。

理所當然的，住在櫻花莊的空太也接收到許多興味盎然的視線，強烈感受到「有好多事想問他……」的氣氛。然而，沒有這種餘力的空太都假裝沒發現。

伊織的事情也一樣。不過，今天下午還有「Game Camp」的進度會議。

要是沒發生昨天那件事，應該能以平常心面對會議。到昨天為止一直都還認為製作進行得很順利，突然浮出檯面的嚴重事實不禁讓空太變憂鬱。

只是，意志消沉也無濟於事。空太這麼想著，出門去參加下午的進度會議。

抱著緊張感前去出席的進度會議不同於空太的不安情緒，意外地很簡潔便結束了。反倒是戶塚與早川對於能這麼確實地開始進行，感到很驚訝的樣子。

「第一次的遊戲製作，不管是什麼樣的團隊都會因為不知道龐大的作業該從哪裡著手而陷入混亂。你們能確實依照完成計畫進行，老實說令人感到非常驚訝。」

「不過，關於未來的音樂部分，我還不確定會變怎樣……」

「話雖如此，畢竟是昨天才發生的事，我認為可以再觀察個幾天也無妨。」

「說的也是。」

空太對戶塚的意見老實地點點頭。確實自己也這麼認為，況且這也不是可以無視於伊織個人的意志來考慮的問題。

「如果情況有什麼變化，請不用客氣儘管與我們聯絡。」

最後如此說完，第一次的進度會議約一個小時便結束了。

被戶塚送到電梯前，空太搭上抵達的電梯，裡面已有一位乘客。那是一張熟悉的臉孔。按下

「關」的藤澤和希也注意到了空太，睜大眼睛驚呼：

「來參加『Game Camp』的進度會議嗎？」

在往下的電梯中如此問道。

「啊，是，是的……」

「……看你一臉無精打采的樣子耶。」

「咦？呃，沒這回事……」

即使慌張地試圖掩飾也已經太遲了。電梯內的鏡子映出空太嚴肅的表情。

電梯抵達一樓。

「神田同學，你現在有空嗎？」

和希看著時鐘問道。

「咦？」

「一起喝杯茶吧。」

他露出柔和的笑容。空太當然立刻明白他是為了自己而提出邀請，一瞬間曾想著應該婉拒，不過逞強也沒意義，便老實地接受了和希的好意。

空太被帶到隔壁大樓的外資連鎖咖啡店，在座位上等了一會，和希便拿了冰咖啡過來。

「啊，抱歉。」

「我的收入至少還能請母校學弟喝個咖啡，請不用在意。」

確實如此。和希除了是一位有名的遊戲研發人員，同時也是具備實力的開發公司社長。雖說最近業界整體受到社群網站遊戲的影響，不過會賣的遊戲還是會賣，而和希就是不斷推出這類遊戲主題的一方。

「遊戲製作已經遇到瓶頸了嗎？」

和希啜著咖啡，溫和地直接切入核心。

「你怎麼這麼清楚……」

「因為我也有過同樣的經驗。」

和希的表情平靜沉穩。

「藤澤先生也有過嗎？」

「當然了，不會有開發團隊是完全沒問題的。要是真有這樣的團隊，我反而不認為那是健全的團隊。」

「為什麼呢？」

空太搞不懂他想說的意思，露出苦澀的表情。並不是因為咖啡太苦。要是計畫能進行順利，應該是再好不過的事。

的東西。」

「因為團隊製作聚集了有各種想法的人。意見相左或對立，或者沒有交集，我認為都是附帶的東西。」

「藤澤先生在最早……挑戰『來做遊戲吧』的時候也是如此嗎？」

那已經是距今超過十年前的事了。還就讀於水明藝術大學的藤澤和希與大學的三名同伴挑戰了「來做遊戲吧」，完成的作品突破五十萬銷售量。以此做為基礎，大學畢業的同時，和希便與當時的三名夥伴一起創立現在的公司。企劃是藤澤和希；程式設計師是辻堂薰；繪圖是大磯彰；音效則是二宮朔太郎，全部都是即使到最近仍常出現在電玩雜誌上的人物。當然，最常看到的還是藤澤和希就是了……

「吵架都不知吵過幾次了。」

和希苦笑說著。大概是想起了當時的事吧。

「程式設計師辻堂薰是個想法保守、極度討厭犯錯風險的人。每當我提出追加內容需求時，他總是會基於程式設計的觀點，花好幾個小時對我說明我所提的意見多麼有勇無謀。不過當他說完以後，我還是會說『我明白了，所以還是幫我追加吧』這麼拜託他。這樣當然會有爭執吧？」

不可思議的，如此說著的和希表情看來並沒有懷念的感覺。空太立刻明白其中原因。

「昨天也為了新作品的內容討論了好幾個小時。他最後告訴我『辦不到的事就是辦不到』。我正打算等一下回公司後，再告訴他『就算辦不到，還是幫我做吧』。」

「不管一起做了幾年的遊戲，還是會這樣啊。」

「不過正因如此，製作現場才會有活力。如果只是遵循監製的指示，沒有人抱持疑問，變成只是默默完成眼前工作的齒輪，我一定會不再覺得製作遊戲很有趣吧。」

「那個……你們不會因為吵架而關係變得緊張嗎？」

昨天與龍之介之間的氣氛已經變凝重了。

「這也是不知發生過多少次的事了。尤其是四個人一起製作的那段時期，大家都在借來當作開發室的公寓裡一起吃睡。已經完全無關乎遊戲製作，負責繪圖的大磯彰甚至還對音效二宮朔太郎說：『我從很久以前就看不慣你拿筷子的方式了！你給我適可而止！』」

空太忍不住笑了出來。

「到了現在，這件事能拿來當玩笑，不過當時是相當危險的狀況。一旦在工作上產生了不信任感，就會對對方的一切都看不順眼。而且，要消除這種不信任感相當困難。要是沒辦法信任對方，根本就無法進行團隊製作。相信對方的工作，也讓對方相信自己的工作。我認為有了這層信賴關係，才能抱持著上進心，出產好的作品。即使覺得『這樣就夠了吧』，也能重新思考『那傢伙會做得更多，我還是再做好一點吧』」

和希的話對現在的空太而言是個重擔。空太信任龍之介，打從心底信賴他。但是，自己究竟是不是也受到龍之介的信任呢……雖然一直想，卻始終想不出答案。

「就算對製作物的意見相左，正因為有覺得『沒有這傢伙就不行』的地方，所以我們才沒有解體，得以持續到現在。開發團隊解散的例子，已經聽到不想再聽了。我後來也聽說，當時同樣從『來做遊戲吧』發跡的其他團隊，因為無關於個人製作能力的問題而無法繼續團隊製作。」

對話中途，和希的手機響起。

空太以眼神示意請他接電話。

「抱歉。」

和希特意向空太致意後，離開座位接聽電話。

「啊，抱歉。這邊拖了比較久，我馬上回去。」

大概是來自開發室的聯絡吧。雖然聽不到接下來的對話，不過和希很隨興地回應著。

約三分鐘後，和希結束通話，回到座位上。

「雖然是我約你出來的，不過我得馬上回公司了。」

「不，我才要感到抱歉……不對，非常謝謝你。感謝你在百忙之中撥空出來。」

「對了，神田同學。你會參加九月十八日水明藝術大學舉辦的大學招生博覽會嗎？」

「咦？」

「教授邀請我在校友的特別講座上分享當時四個人的事。雖然不清楚對你有沒有參考價值，不過還是先通知你一聲。」

「我一定會去。」

即使撇開現在的團隊狀況不談，仍然是具吸引力的特別講座，讓人很想去聽。

「那麼，到時候見了。」

喝完冰咖啡的和希快步走出咖啡店。

雖然是簡短的交談，空太也理解了一些事。

「所謂的團隊製作，原來也包含這些在內啊。」

不光是製作遊戲，同時也需要建立起彼此的信賴關係。空太強烈地感覺到未來的夢想——製作出高完成度的遊戲，以及想實現的創立遊戲公司的夢想。

傍晚時分，空太回到櫻花莊。正在換家居服時，龍之介過來了。他在床緣坐下，開始操作手上的平板電腦。

「你打算怎麼辦？」

劈頭第一句話就是突如其來的質問。

指的當然是伊織的事。

「那個狀況，我認為他沒辦法從事遊戲製作。」

「我要等伊織自己決定要怎麼做。那傢伙一定會重新振作起來。」

「我不想聽感情用事的話。」

龍之介說著準備走出房間。

「我有根據。」

空太立刻以平靜的聲音回答。

「你說有根據？」

停下腳步的龍之介轉向空太。

「伊織至今不知受過多少挫折。每次參加比賽，就會被拿來與親姊姊姬宮學姊的實力相比，沒能被區分開來伊織就是伊織，並不是他的姊姊，也沒能獲得好評……一直在現實中受挫。」

「……」

「然而，他卻沒放棄鋼琴，還是繼續下去。不管受到多少挫折，還是繼續下去。即使受到沒道理的悔恨踐踏蹂躪，他都沒放棄。」

就龍之介看來，這一點說不定仍然是感情用事。即便如此，對空太來說卻是牢不可破的理由，是值得相信的根據。

「伊織很堅強，遠比我堅強太多了。」

空太坦率地向龍之介表達自己的想法。龍之介也目不轉睛地看著他，應該有把話聽進耳裡。

「也有一受挫就一蹶不振的東西。」

不過，龍之介並未改變想法。

「誰能保證這一次不是這樣的狀況？還是應該討論解決辦法吧。」

「……這一點，赤坂你說的沒錯。」

事實上，確實明顯存在風險。就像龍之介所說，無法否定伊織可能回不來的現實問題。百分之百的絕對性並不存在。

「不過，你打算怎麼做？哪那麼剛好有會作曲的傢伙。」

「有候補名單。」

龍之介遞出平板電腦，示意要空太看。

視線落在接過手的電腦畫面上。

上面顯示著水明藝術大學的官網。

大學博覽會的介紹。

九月十八日星期天。

音樂學系將舉行小型演奏會。

空太在演奏者的欄位上發現了認識的名字。

姬宮沙織。

伊織的親姊姊，現在應該正在奧地利留學……大概是利用長假回到日本來吧。

「赤坂，你是認真的嗎？」

誰不好找，偏偏想拜託姊姊來代替伊織。

「她擁有掛保證的實力，你還有什麼不滿？」

「我說的不是這個問題！」

空太也知道自己的聲音激動起來。

「我認為這是目前想得到最好的選項。」

相對的，龍之介語調淡然。這更惹惱了空太。

緊繃的氣氛，飄蕩著令人不愉快的緊張感。

這時，外面有個腳步聲逐漸靠近。

「空太。」

來的人是真白。

「你回來啦。」

「嗯。」

空太以不帶感情的聲音回應。

「歡迎回來。」

「……抱歉，我現在正在跟赤坂說話，妳等一下再過來。」

「嗯。」

真白在門口正準備回去。

「沒必要等一下，話已經講完了。」

不過龍之介阻止了她。

「神田，最後期限是十八日。如果在那之前鳥窩頭的狀況沒辦法改善，就應該找姬宮姊。無法確定她是否會接受，越早行動越好。」

龍之介公事公辦地說完之後，不待空太回應便走出房間，回到隔壁１０２號室。接著傳來關門的聲音。

「為什麼會變成這樣啊？」

空太搔著頭在床上坐下。

「空太。」

「有什麼事嗎？」

「嗯……下次我想去這個。」

真白手上拿的是九月十八日開始上映的電影票。共有兩張。

「啊，這個是……」

片名是「鈴蘭水仙」。

是美咲從去年開始獨立製作的動畫。

「有沒有嚇一大跳啊，學弟！」

這時，美咲快步跑了過來。

「我終於也要在大銀幕上出道了！」

雖然總覺得意思上不太對，不過還是不要太在意。很驚人這一點是不變的。

「這次不是上傳到影音網站了啊？」

「剛開始是打算這樣，不過動畫公司的製作人說：『來個五大巨蛋都市單館巡迴吧！』我覺得很有趣，就決定這麼做了喔～～！」

所謂的巨蛋都市，指的是東京、大阪、名古屋、福岡以及札幌嗎？雖然實際上應該跟巨蛋一點關係也沒有……

「事情就是這樣，我今年要到處去電影院旅行。我已經把電影票給小真白了，要來看喔！」

「好，我一定會去。」

空太如此回應，美咲已經衝出房間去了。

「光屁股也有電影票當作禮物喔！」

「等、等一下，美咲學姊，請不要開門！」

聲音來自廁所……或者該說來自浴室的方向。

「空太，要去看這個。」

真白再度遞出兩張電影票。

「嗯，我知道了。啊，不過，十八日上午我想去聽藤澤先生在大學博覽會的特別講座，所以下午以後可以嗎？」

「嗯，就這樣說定了。」

「嗯。」

真白滿足似的微笑。

「我去畫原稿了。」

說完便走出空太的房間。

剩下空太自己一個人。

他無力地躺在床上。

接著感受到美咲有如暴風雨的熱力消失，真白的餘韻也急速退去。空太的腦中滿是遊戲製作的事。

「伊織，拜託你了。我還想跟你一起製作遊戲啊……」

2

隔天以及再隔天，伊織都沒走出房間，違背了空太的期望。在房門前呼喚他都沒有回應，打手機給他也沒接。又過了幾天後，甚至還聽到「您撥的電話未開機，或者收不到訊號」的語音。說不定是沒電了。

不過，在空太等人到學校的其間，伊織似乎確實吃了負責照顧他的栞奈放在他房門前的餐點，至少這一點還可以放心。

浴室或飯廳也有使用過的痕跡。

看來還算是有維持生命活動的樣子。

就這樣一週過去了，兩週也很快地過去了。

九月十六日，星期五。

這天，空太也在上學前到１０３號室門前呼喚他：

「伊織，我已經做好早餐了，晚一點記得吃飯。」

果然還是沒有回應。

之後，空太便與真白一起去上學。

課堂上老師的話左耳進右耳出，埋首於遊戲關卡建構與頭目怪物樣式製作。後方的座位上，龍之介喀噠喀噠地敲著鍵盤，用筆電工作。

在那之後，並沒有發生決定性的衝突。

然而，空太與龍之介之間存在著肉眼看不到的意見對立，感覺得到氣氛一天比一天險惡。

空太注意力中斷時，看了黑板的方向。

班導白山小春正在講授現代國文。下午的教室有種悠閒的氣氛，也有許多學生把小春的聲音當催眠曲熟睡著。

空太打了個呵欠。接著，制服褲子口袋裡的手機震動了。

在桌子底下打開來看，發現竟然是來自栞奈的簡訊。她平常不但很少傳簡訊，而且現在還在上課中，實在不像優等生栞奈的作風。

不過空太讀了內容之後立刻理解了。

——應該不會就這樣不再來學校吧？

雖然沒點出名字，但是不用問也知道她是指誰。

接著，又收到了簡訊。

——如果有我能做的事，請務必告訴我。

在簡短的內容中，空太看見了栞奈的罪惡感。原本伊織的骨折就與栞奈有很深的關聯，就連現在的狀況，她也一定覺得是自己造成的。

空太稍微思考了一下，回傳簡訊。

──我認為像妳這樣關心他，對他而言一定是很值得高興的事。

沒有立刻收到回覆。過了五分鐘左右，手機再度震動。

──謝謝。也請學長不要放棄跟他一起製作遊戲。

空太面對應該是栞奈煩惱許久才送出的內容，嘴角不禁浮現笑容。

放學前的班會時間結束後，龍之介收好筆電便迅速準備回家。

「赤坂。」

「什麼事？」

「晚上要討論頭目的樣式。」

「我知道。」

龍之介頭也不回地走出教室。

任誰都看得出來的緊繃氣氛，同班同學莫不投以狐疑的視線。

在這其中，有一道聲音傳來：

「你跟赤坂同學吵架了嗎？」

是在隔壁座位收拾書包的七海。

「不，我們倒不是在吵架。」

盡可能不想讓七海擔心。然而，空太立即領悟到在這個時間點已經太遲了。

「只是在遊戲製作上，意見有點分歧而已。」

「這樣啊。」

七海沒再追問下去。

「那個，我有一件事想跟神田同學報告。」

「報告？」

「嗯。下個月……十月開始，我要到新的訓練班去上課了。」

「咦？真的嗎！」

聲音忍不住大了起來。

「你太誇張了。」

七海有些不自在的樣子，大概是因為受到關注了吧。

「抱歉。不過，總讓人很高興。」

「謝謝。也因為是秋季開始的班，所以我才在暑假期間參加了甄選。」

「啊，對了。我已經聽說了，美咲學姊的動畫要在電影院上映了呢。」

提到這個話題，七海的表情掠過緊張。

「不要提那件事啦……真是的，對心臟很不好。就算你看完了，也不要告訴我感想喔。」

中途就恢復成標準語的七海說了「我等一下還要去打工」，便逃也似的離開教室。

晚了一點才離開教室的空太悠閒地走到美術科教室接真白。不過，沒有人在。是下午的實習課晚下課了吧。

空太的腳步轉往位於別棟的美術教室。

穿過走廊。

窗外的網球場上，女子網球社社員正在架網子。人數看來很少，是因為夏天之後三年級生退下來了吧。也因為學姊變少，社員們看起來比較輕鬆悠閒。

美術教室裡還有幾名學生，真白與麗塔也還在。兩人的畫架親密地排在一起，手還在揮舞著。其他學生已經開始陸續收拾東西。

空太從後門往裡面窺探，似乎已經先收拾好的深谷志穗發現他，朝他走了過來，腳步似乎很沉重。

「唉，神田同學，你好嗎？」

志穗顯然沒有平常的霸氣，雙手無力地垂放，就像電玩裡登場的殭屍。還穿在身上的圍裙上，鮮紅的顏料噴濺得亂七八糟。

「怎麼了？」

看起來似乎很希望別人問她，所以空太姑且回應她的期待。

「這世界上的所有人一定都比我還要擅長畫畫吧？是這樣沒錯吧？神田同學其實也是會畫畫的人吧！」

志穗很怨恨地找碴。總覺得這是很難對付的情緒狀態。然而，當空太察覺到志穗的視線是朝向麗塔的背影時，大概就知道她想說什麼了。

「麗塔果然很厲害嗎？」

「豈止厲害。」

講話方式都變得怪怪的。

「就技術上來說，說不定比椎名同學更厲害。」

「咦，這樣啊。」

不愧是曾經與真白在同一個工作室學畫的人，連真白都說麗塔很會畫畫。像這種程度的高手，空太也只知道麗塔這號人物而已。

「我輸了，完全認輸了。而且還是個超級大美女！」

「嗯，是啊。」

「真的是位美女。」

「嗯。」

「而且還是金髮。」

「是啊。」

「眼珠子竟然是藍色的！」

這到底是什麼對話？如果空太的認知沒錯，應該是在聊畫畫的實力吧……

「日文也說得很流利。」

「這一點我也覺得很了不起。」

為了跟真白說話而學會日文。

「英文也很流利。」

「因為那是她的母語吧。」

這一點空太還是冷靜地指出來。志穗的日文也很流利，偶爾還會出現很有趣的說話方式。

「再加上，你看她那個身材！仔細凝神看個清楚！」

志穗毫不客氣地指著麗塔，手還鬧彆扭般上下晃動。

「那個人擁有我想要的一切。反正一定還有個像電影明星的男朋友吧！快肯定我說的話！」

不知為何，空太被逼問了。

「不，她好像沒有男朋友喔。」

「什麼？那就是『我不想要有固定的男朋友，看當天的心情再盡情挑選想要的男孩子，嘻嘻！』的意思吧！」

「不，也沒那回事，好像只是很一般地沒有男朋友而已喔。」

麗塔正在談非常棘手的戀愛。畢竟，她喜歡的人可是那個龍之介。

「咦～～是嗎？原來是這樣啊。」

剛才還因為太羨慕而感到憤慨，志穗卻突然覺得無趣了。真搞不懂她的點在哪。

「啊，對了對了，神田同學。」

「又有什麼事？」

「你在製作遊戲對吧？」

這次志穗則是露出正經的表情，睜大雙眼盯著空太。

恐怕是聽真白或麗塔說的吧。

「喔，嗯。是啊。」

「下次可以讓我請教一些問題嗎？」

「深谷同學是對這種東西有興趣的人啊？」

「沒錯。」

第一次聽說。

「畢竟有在畫畫啊。」

志穗的圍裙上沾滿了油畫的顏料。

「神田同學，你該不會以為美術科所有學生都是以畫家為志向的那種人吧？」

「我是有這種想法。」

真要說的話，應該也沒有太深入地思考過。

「咦？什麼啊！我們是被這樣看待的啊？」

「不是嗎？」

「當然是會有想用『繪畫』來決勝負的人，我倒也不是沒有這種想法。」

「那麼，我說的就沒錯吧？」

「嘖嘖，你太天真了，神田同學。並不是只有油畫才是畫，不是只有藝術作品才是畫。」

帶著演戲口吻的志穗用手指點了點空太的鼻頭。雖然擔心會不會沾上顏料，不過看來似乎是沒問題。

「你有在認真聽嗎？」

「我有在聽。」

「我大學要念水明。」

「恭喜妳。」

「嗯，謝謝你！然後，我打算在大學主修ＣＧ，大概一年前就開始自學了。」

「咦？是這樣嗎？」

很令人意外。

「好像每年都會有好幾個轉換領域的人喔。」

「喔～原來是這樣啊。」

「去年的代表就是上井草學姊！」

「總覺得那個人算是超乎規格……」

「啊哈哈，我有同感。不過多虧上井草學姊，我的選項又增加了～」

「因為她唯獨存在感非常強大呢。」

「還有喵波隆。」

「咦？深谷同學去年也看過了啊？」

「我覺得那種東西真的很棒。」

能被這麼說實在讓人很開心。

「志穗，該去掃地囉～」

走廊另一頭傳來女學生的叫喚聲。

「啊，我馬上過去～～那麼，神田同學，下次再聊了。就這麼說定囉～～」

志穗跑了過去，立刻與呼喚她的朋友會合，就這樣往走廊另一端離開。

「沒想到空太很受女孩子歡迎呢。」

後腳走過來的人是麗塔。她正換下避免沾到顏料的圍裙，金髮輕柔飄逸。

「妳是從哪裡怎麼看才會覺得我受歡迎？」

「我知道你滿腦子都是製作遊戲，不過也請你好好想想真白。」

麗塔忽視空太的提問，如此說道。

而真白本人則在畫布前停下手，看起來也像在沉思什麼事情。

「你不覺得最近真白怪怪的嗎？」

「……麗塔妳也這麼覺得？」

「是的。」

第二學期開始後，真白仍舊持續謎樣舉動。前幾天約會買東西時也是，就在通過幫真白選衣服的試煉後，從車站回家的路上也感受到了她別有深意、似乎希望自己說些什麼的視線。

「真白？」

然而，即便開口問她……

「沒事。」

也被閃避開來。實在讓人搞不懂。

這樣的狀態持續了好一陣子，因此空太與真白的關係當然沒有太大的進展，過著連第二次接吻都還沒著落的每一天。

這幾天每晚睡覺前，空太不禁這麼思考。

——所謂與女孩子交往，就是這種感覺嗎？

搞不懂什麼才是正確解答，畢竟戀愛並沒有課本或參考書。如果是別人的經驗也許可以拿來作參考，不過因為對象是真白，可能也不太有參考價值。

因此，空太越想越不明白。

「是不是空太你做了什麼讓真白討厭的事？」

麗塔懷疑的視線刺向空太，仰頭直瞪著他。

「我、我什麼都沒做！」

「真的嗎？」

「我們是清白正直的交往！」

空太拚命強調自身清白。

麗塔看到這樣的空太，彷彿發現什麼似的睜大了眼，不過又立刻深深嘆了口氣。

「真是沒禮貌的反應啊。」

麗塔現在也還一臉受不了的表情。

「聽到空太剛才說的，我大概知道原因了。」

「真白心情不好的原因？」

麗塔點了點頭。

「一定就是因為空太到現在什麼都沒做的緣故。」

「啥？」

空太搞不清楚狀況，不禁發出窩囊的聲音。

「我從以前就一直這麼覺得，空太與真白明明已經是男女朋友了，卻好像沒什麼改變吧？」

「……看起來是這樣嗎？」

「依然是飼主跟寵物的關係。」

「我們從來就不是那種關係！」

然而，跟之前比起來並沒有什麼改變這一點，空太也並非沒有自覺。不過也有交往之後產生變化的事——週末會出去約會，放學的時候也會牽手。雖然不是每一天，不過也會在午休時間一起吃便當。

不過，麗塔所指的並不是這種表面上的改變。簡單來說，就是心靈的距離。

開始交往之後，空太究竟是不是更深入瞭解真白了？是不是讓真白更深入瞭解自己了？不管是前者或後者，空太發現自己都沒有自信點頭，只能用搖頭來回答的這個事實。

最近每次約會的時候，空太常會想起仁說過的話。

——逐漸變成男女朋友的關係。

確認彼此的感情是起點，從這裡開始發展的關係。剛聽仁說的時候還沒什麼實際的感覺，但現在就能深刻瞭解。雖然是因為喜歡而開始交往，卻沒有從喜歡開始有所進展。用言語來形容就是這樣的感覺。

就連每週不斷的約會也是，看起來像是往前進了，實際上也許只是在原地踏步。不過如果真是這樣，又該做些什麼事才好呢？空太的思緒很快就進入死胡同。

「那麼，真白就託付給你了。」

「喔，嗯。」

雖然如此回應，空太仍不清楚到底該做什麼。

與說是另外有事的麗塔在美術教室分開後，空太便與結束實習課的真白兩人一起回家。麗塔應該是出於好意，顧慮到這兩個人吧。

空太與真白以平常的步調慢慢走在回家的路上。真白說了一些像是麗塔很快就成為美術科受歡迎的人物，還有像是透過麗塔，真白變得比之前更能與班上同學互動的事。

「這樣啊，那真是太好了。」

「嗯，太好了。」

如此回答的真白表情看來不太有精神。就在空太想著為什麼的時候，已經回到了櫻花莊。

「我們回來了。」

脫下鞋子，踏進玄關。

「哎呀，你們回來啦。」

從飯廳探出頭的，正是真白的責任編輯飯田綾乃。

「我先進來打擾了。」

綾乃滿臉笑容地來到玄關。

「來，這是本月號的雜誌樣書。」

不知為何，漫畫雜誌先交到了空太手中。

「然後，這是讀者來信。有越來越多的趨勢呢。」

她將上面印有出版社標誌的厚重Ａ４信封遞給真白。

真白將信封寶貝地抱在胸前，走上二樓。還以為綾乃也會跟上去，她卻衝著空太露出大無畏的笑容。

「有、有什麼事嗎？」

「椎名小姐的漫畫，從春季以來就很受到好評喔。」

「喔……」

「果然是因為正在談戀愛吧。」

「……請容我不予置評。」

「不過，也有一些事讓人在意呢。」

「什麼事？」

「總覺得椎名小姐最近看起來沒什麼精神。」

「又是這個話題嗎……」

剛剛才在學校跟麗塔討論過。

「又是？」

「不，我在自言自語。」

「嗯，原來如此，是這樣啊。」

綾乃觀察空太的表情，自顧自的下結論。空太完全被丟在一邊。

「看來未來更值得期待了。」

綾乃露出雀躍的樣子，這次真的走上了二樓。

「椎名小姐～～又決定要請妳畫十一月號雜誌封面了，我們先來討論這件事吧。」

真白的漫畫連載看來也很順利，令人稍微鬆了口氣。不，應該是可以大大地放心了。要是被說真白與空太開始交往以後，漫畫變得越來越無聊，空太似乎就會喪失活下去的自信。

「我也得加油了。」

這幾個星期與龍之介因為伊織的事產生意見分歧，沒能專注在遊戲製作上。越是這個時候，越應該努力加油才行。

「好，來動手吧！」

空太吆喝著鞭策自己消極負面的情緒。

然而，違背空太此時的心情，龍之介所說的九月十八日這個期限已經逼近，就在後天。

3

兩天後的星期天，九月十八日。

空太一早就邀龍之介與麗塔參加水明藝術大學的大學博覽會特別講座。藤澤和希與從學生時代開始就一起行動的辻堂薰、大磯彰、一宮朔太郎，將分享當年的心路歷程。

「我想應該有值得參考的地方。」

空太說完便帶著龍之介和麗塔準備出門。雖然也找了伊織，不過沒有回應。
「真白也要一起來嗎？」
「上午要畫漫畫原稿。」
跟真白約好了，特別講座結束後要一起去看美咲的動畫。
「那麼，我聽完講座之後就會馬上回來。」
「十二點喔。」
「我知道，十二點前我會回來。」
「嗯，我等你。」
對到玄關送大家的真白如此說完，空太便與龍之介及麗塔一起出門了。
秋高氣爽的好天氣。
清爽的風舒暢地吹撫而過。
然而，圍繞在空太、龍之介與麗塔之間的卻是一觸即發的緊繃氣氛。
沒什麼值得一提的對話，三人就這樣穿過水明藝術大學的正門。空太一想到明年春天開始自己也將成為這裡的學生，便覺得感慨萬千。
到處可見來自外校的高中生身影，看著平面導覽圖尋找要去的學系大樓。不同於高中，大學校地十分廣闊，所以第一次造訪的人都需要地圖。

空太等人要去的地方是校園內側的劇場。

那是去年文化祭演出「銀河貓喵波隆」的地方，能容納三百名觀眾，有如電影院的設施，或者該說根本就是電影院。

今天和希等人將在這裡舉辦講座，或許會播放一些影片。

懷抱著期待來到劇場，已經坐滿了近七成的座位，受矚目的程度可見一般。

「空太，那邊。」

麗塔發現了三個並排的空位。在銀幕的右方，在階梯式的劇場中屬於中段較靠前側的位置。

龍之介坐在走道旁，接著是空太、麗塔也坐下來。

「大學博覽會都會有這麼多人來啊？」

轉頭望向後方的門，仍有人陸續進來。在這之中，空太看到了熟悉的面孔。是一對男女。

「……」

不過空太沒能立刻想起那是誰。

他直盯著對方看，對方大概是感覺到了視線，其中的男孩子與空太視線對上了。

這時空太終於察覺這個人就是在北海道遇見的龍之介國中時期認識的人，名叫駒澤拓實。當時偏短的頭髮已經留長。這麼看來，隔壁的女孩子就是池尻麻耶，她的頭髮倒是變短了，因此乍看之下沒能立刻認出來。

「怎麼了，空太？」

麗塔也回過頭去問道，似乎立刻注意到視線朝向這邊的那兩個人，於是又問：

「是你認識的人嗎？」

「不是我，是赤坂認識的人。」

空太如此說完，龍之介的眉毛抽動了一下。

轉過頭去。

「他們是誰？」

麗塔毫不客氣地詢問。

「國中時期認識的人。」

龍之介毫無興趣似的看著前方。

「叫什麼名字？」

「有必要回答嗎？」

「有必要隱瞞嗎？」

麗塔繼續追問。接著，龍之介大概是嫌麻煩，冷淡地回答：

「駒澤拓實跟池尻麻耶。」

別開視線的拓實與麻耶在空太等人後面三排的位子坐下。

他們究竟為什麼會在這裡？既然來參加大學博覽會，應該是想報考水明藝術大學吧。

隔壁的麗塔也緊閉雙唇，陷入沉思，表情看來不太高興。

不知是不是在意麻耶的事，她好幾次轉過頭偷看那裡。

「那麼，依照預定的時間，由媒體學系主辦的特別講座即將開始。」

從銀幕旁邊露出臉來的學生助手用麥克風告知活動就要開始。

「請以掌聲歡迎特別講座的幾位來賓。」

劇場內響起如雷的掌聲。

很快的，由藤澤和希帶領之下，辻堂薰、大磯彰和二宮朔太郎一起登場，在銀幕前排成一列，各自做了簡單的自我介紹。

接著以和希為中心，搭配學生時代所創作的作品資料畫面，開始分享當時製作的狀況。有時會調侃般向其他三人確認，相反的，也會被吐槽「不要朝對自己有利的方向隨便捏造回憶」。

會場上響起歡笑聲，講座以非常愉悅的氣氛進行。

大約持續了一個小時後，剩下的三十分鐘是觀眾向和希等人提問的時間。

一下子許多人一起舉起手來，實際上提問的內容也是五花八門。

「最好從現在就開始學的程式是什麼？」

「您想在電玩業界工作到幾歲？」

「職場上有女性嗎？」

「您對社群網站遊戲有什麼看法？」

和希對每一個問題都仔細地回答。關於不同分野專業的問題，也會詢問其他三人的見解，婉轉地傳達給學生，柔軟的身段讓人不注意也難。

「那麼，時間也差不多了，接下來是最後的問題。那邊那一位。」

和希所指的就在空太等人的稍後方。好奇地轉過頭去，發現駒澤拓實已經站起身，接下學生助手遞過去的麥克風。

「藤澤先生，您認為製作團隊要成功，最重要的是什麼？」

帶有強烈意志的清晰聲音。

感覺隔壁座位的龍之介肩膀動了一下。

「這是個很困難的問題呢。不過，我們在一開始製作時，能靠著四個人一起克服各種問題撐過來……」

和希若無其事地看著一起努力至今的三個人的臉。

「我想是因為我們當時擁有共同的夢想。」

這番話毫無陰霾，就像今天的天空一樣晴朗無雲。

遺憾的是，沒有時間做更詳細的說明。這時響起了代表講座結束的鈴聲。

「那麼，今天的特別講座就到此為止。」

會場響起沸騰的掌聲，歡送退場的和希等人。

接著，學生們也依靠近入口的順序慢慢散場。坐在內側的空太理所當然得再等一會，便先坐著等待散場。

「神田，等一下準備去音樂廳。」

龍之介依然望向前方如此說道。去音樂廳並不是為了去聽演奏。

「你真的打算拜託姬宮學姊嗎？」

「神田你真的認為烏窩頭會重新振作嗎？」

龍之介丟回提問。

「距離那時候已經過了三個星期。你也該醒醒了。」

「……」

「光是相信而等待，不會有任何幫助。因為相信而等待的結果，只有時間徒然流逝。而且無意義地浪費了多少時間，品質就會下降多少。」

「……」

「如果你想以感情和睦的團隊進行只有快樂的遊戲製作，那就當成興趣做做就好。」

「不是！我！」

「神田，如果不是，就不要迷失我們的目標。」

身旁的麗塔肩膀顫抖了一下。

「這一點我很清楚。」

「是嗎？」

「我也想做出自己可以接受的品質，所以一直想著一定要通過這一次的主題審查會！我是認真的！」

空太站起身來，氣勢驚人地回應。

然而，龍之介的反應卻是嚴重感到洩氣。他用手摀著臉，深深嘆了口氣。

「我完全沒料到，你這不就是完全迷失目標了嗎？」

龍之介語氣帶著焦躁，也從座位上起身。

兩人的視線碰撞。

「哪有啊。」

「神田你只要通過主題審查會就滿足了嗎？」

「……」

「是為了這樣才製作遊戲的嗎？」

「……不是。」

「不是為了讓遊戲成功商品化，讓眾多使用者來玩嗎？」

「嗯，是這樣沒錯。」

「不是想讓『RHYTHM BATTLERS』熱銷，再以此做為基礎創立遊戲公司嗎？」

「是啊。」

「那又為什麼沒能立刻這麼說出口？」

「那是因為……」

筆直瞪著空太的龍之介眼神看來也似乎帶著悲傷。

空太渾身不斷冒出汗水，對龍之介敏銳的指摘感到困惑。

「！」

「不知道的話，就由我來告訴你吧。因為你並不相信能實現這個目標的未來。」

「因為你欠缺現在所做的事將關係到未來的意識。」

「……」

「並不是有了目標就能實現，也不是一個勁地盲目努力就能成功。為了達成目標，必須按部就班去執行每項必要的工作才能成功。至少我一路走來都是抱著這樣的想法。」

「……」

空太無話可說。

「『自己的未來，已經從現在開始了』。」

聽到這番話的一瞬間，渾身彷彿有電流竄過一般。

「這是你尊敬的藤澤和希說的話。牢牢記住。」

空太咬牙拚命想著該說些什麼，卻遍尋不著。

「所以我不是說過了嗎？勸你不要跟他一起製作遊戲。」

來自階梯式劇場上方的聲音代替沉默的空太說話了。抬頭一看，是池尻麻耶與駒澤拓實。

「我們那個時候，他就是這個樣子」。」

「你們那個時候？」

麗塔回問。

「他果然什麼都沒告訴你們吧。」

麻耶看著龍之介，以混濁的目光盯著他。

「國中的時候以社團活動的形式，他跟我，還有我身旁的拓實……以及另外兩個人，五人曾經一起製作遊戲。」

以現在麻耶與拓實的樣子來看，實在難以想像那個景象，因為兩人看起來都不像是會窩在室內埋首工作的類型。國中時期不是這樣嗎……

「剛開始進行得很順利，所有人一起出點子、討論，從頭開始學習許多事物，拓實甚至原本從來沒用過電腦……就算這樣，也過得很開心，每天不管做什麼都很開心。」

如此訴說的麻耶臉上沒有笑容，看起來一點也不開心。

「不過，全被他給毀了。」

她的語調突然變冷漠。

「……」

龍之介沒有反駁。不知因為是事實，或者他根本沒在聽。偷看他的側臉也無從判斷。

「看了我畫的圖也說『這個不行，重新畫過』，拓實組的程式也被說『錯誤太多根本不能用，我來重寫』。那個時候幾乎每天都會說『為什麼連這種事都辦不到』，你自己還記得嗎？」

「……麻耶，別說了」

即使拓實制止，麻耶卻停不下來。

「什麼叫做『為什麼連這種事都辦不到』啊？那是我要說的話吧。為什麼不懂別人的心情？怎麼可能那麼快就什麼都學得會啊？」

「……」

「因為只有自己會，就強迫周遭接受自己的完美主義，傷害別人，把團隊氣氛搞砸了，卻還一臉只有自己是對的風涼表情。就是現在這張臉。」

麻耶尖銳地指著龍之介。

「麻耶。」

拓實拉住她的手臂，她拚命抵抗，撈著還感情用事地繼續謾罵：

「只要有他在，就絕對不會順利！因為他不懂別人的心情！」

「……」

龍之介什麼話也沒說，只是保持沉默。而且還趁著麻耶說話的空檔，默默地走出劇場。

「啊，龍之介。」

一度想追上去的麗塔彷彿想起了什麼似的停下腳步，優雅地轉過頭來，一臉不耐煩的笑容直瞪著麻耶。

「幹、幹嘛啊？」

震懾於麗塔的魄力，麻耶微微往後退。

「請不要把我們跟妳混為一談。」

「啥？」

「到頭來，只是妳跟不上龍之介的實力吧？只是妳無法回應龍之介的期待吧？」

「什麼！」

「龍之介說的話確實一點也不客氣，不過他不會要別人去做根本就辦不到的事。龍之介責怪的並不是『做不到』這件事，而是『不試著努力』這件事吧？」

「才、才不是！」

「妳不認為是你們目標太低，所以扯了龍之介的後腿嗎？」

「我都說不是了！」

「畢竟把自己的軟弱推說是別人害的，是很輕鬆的事嘛。」

「妳真的很讓人火大！」

憤怒得顫抖的麻耶走下階梯，來到麗塔面前便用力揮動右手。

清脆的甩耳光聲響在劇場內迴盪。

而且還是連續兩聲。

因為麗塔立刻給予反擊。

麻耶失去平衡，撞到身邊的椅子。拓實扶住了她。

麻耶與麗塔臉頰都明顯泛紅。

「妳幹什麼！」

麻耶以充滿憎惡的視線瞪著麗塔。

不過，麗塔沒理會她。

「這個男孩子看來是已經察覺到了。」

「咦？」

麻耶聽到麗塔說的話，驚訝地看向旁邊。身旁是面帶沉痛表情的拓實。

「拓實？」

「你不是因為還有所留戀，今天才會到這裡來嗎？」

「……不是。」

拓實沉重地開口。

「沒什麼好留戀的，製作東西並不適合我。」

「我所說的，是對龍之介的留戀。」

「！」

似乎被說中了，拓實的表情僵住。

「等一下，拓實？你沒搞錯吧？那個時候，我們是抱著什麼樣的心情……」

麻耶拉扯拓實的袖子，彷彿在懇求一般……

「雖然我們很痛苦，不過赤坂當時應該也很難過。」

「為什麼！你為什麼要說這種話！」

麻耶仍緊咬不放，似乎無論如何都絕不認同。

「我也曾經想要製作有趣的東西。說好了遊戲完成後要參加比賽，大家都那麼興高采烈……還說過一定要拿下優勝這種得意忘形的話呢。當時的心態都只是覺得『如果能成真就好了』這樣的程度而已。」

「不管是誰，都會一時興起說那種話啊。」

「不過，赤坂卻不是這樣。只有那傢伙是真的想實現那番話，只有那傢伙深信不移。他相信一定做得到，所以才會比誰都認真嚴格。」

「……」

麻耶痛苦地緊閉雙唇。

「說要三個人一起報考水高的約定……也只有那傢伙遵守了。」

「那是因為……」

麻耶大概也有罪惡感，明顯垂下視線。

「明明是我們擅自決定都是他的錯而把他趕出去的，剩下的四個人卻什麼也做不到，全都虎頭蛇尾，無疾而終。連上高中以後也不去面對這件事……」

「……」

麻耶低下頭，緊握拳頭。

「就算這樣，我們是四個人所以還好，能隨便湊在一起瞞混過去。赤坂他卻連容身之處都沒有了……」

拓實的聲音泫然欲泣地顫抖著。

感覺稍微能夠理解為什麼龍之介會是現在的龍之介。雖然把現在的這番話視為全部的原因太過草率，不過確實是其中一個理由。

之所以極力避免與他人接觸，因為這對龍之介而言已經成為最大的風險。

強烈的情感沒能獲得回報。

沒人理解自己的認真程度跟實力。和希曾說過，龍之介在業界是前三名的佼佼者。

想這麼做、能這麼做——無法與團隊夥伴達成這樣的共識，一焦急就把「這麼做就好了」說出口而傷害到對方。每經歷一次這種事便更加孤立，越來越孤獨……

不過如果真是這樣……為什麼事到如今，龍之介還會想跟空太一起製作遊戲呢？空太實在不覺得自己有那樣的價值。

既然有許多遊戲公司向他招手，那他大可在有更優秀團隊圍繞的環境下製作遊戲。

「今天非常感謝你們特地過來給我們忠告。」

麗塔立刻趁對話中斷的空檔說了。

「不過，請不用擔心。因為我們進行得很順利。」

她無視現場的氣氛，嫣然露出笑容。

「欸，空太，我說得沒錯吧？」

而且最後還把莫名其妙的球做給空太。

「啥？咦？」

「真是的，請你振作一點。龍之介不也說過了嗎？」

「他說了什麼？」

空太實在搞不清楚怎麼回事，只能反問。

「老實說，我很嫉妒空太你耶。」

「……」

越來越搞不懂了。

「你還不明白嗎？」

「真是不好意思。」

「剛才，龍之介說的可是『我們的目標』喔？」

「！」

「所謂的『我們』，指的是空太與龍之介吧？」

空太沒把麗塔的話聽到最後，才聽到一半身體便動了起來。

跑出劇場，查看周圍。

在筆直延伸的林蔭道上發現了龍之介的背影，長髮隨風飄逸。

空太再度跑上前追上他。

「赤坂！」

在距離約十公尺的地方呼喚他的名字。

「是神田啊。」

停下腳步的龍之介轉過頭來。

「就像你剛剛聽到的，只要有我在，團隊製作就會不順利。」

「那又怎樣？」

「我要脫離團隊。」

空太沒有驚訝或憤怒的感覺，耳朵只把話當成普通的詞彙。

「遊戲引擎已經幾乎完成，剩下的光靠神田就能做好，不用終止製作工作。放心吧。」

過了一會，空太才察覺自己的拳頭止微微顫抖。

「什麼跟什麼啊。」

發出的聲音乾渴得連自己都嚇了一跳。

「我會做最基本的保固，不會有問題。」

「……明明就有問題。」

空太喃喃嘀咕。

「神田？」

「大有問題啦！滿滿都是問題！」

「……」

「你在開什麼玩笑啊？赤坂。」

「我沒在開玩笑，這是為了讓製作成功最妥當的選擇。」

「這哪是最好的選擇……你幹嘛一臉一個人把事情解決了的表情啊。」

龍之介的眼神無力。

「說這什麼好像已經放棄的話！」

「……」

「現在的你哪不是在開玩笑了！給我說清楚！」

「神田……」

空太一個勁地打斷正想說些什麼的龍之介。

「我啊！一直覺得如果跟赤坂合作就辦得到！」

感情驅使身體向前。

「我現在也還這麼認為！我一直相信這次的開發會成功，商品化之後讓它大暢銷，就連拿這一點做為基礎創立公司也絕不是夢想！我真的認為只要跟赤坂在一起，只要有你在，夢想就真的會實現！」

「……」

「而你卻……讓我這麼認真起來之後，現在又是怎樣！」

空太揪住龍之介的胸口，緊握的拳頭發疼。

「這已經不是我一個人的目標了！你明白嗎！這是我們的目標吧！」

「！」

「事到如今，不准你擅自決定放棄！」

「放任你說，你就越來越自以為是了……」

龍之介發出彷彿在地底爬行的低沉聲音。

「別以為只有神田你自己這麼覺得！」

他抓住空太的雙手，用力甩開。

「我也很重視這次的開發啊！絕不想失敗！還想著總有一天要跟你一起創立公司，將來要是能一直製作下去就好了！」

「！」

「所以，我希望趁這次的機會能確實做出結果，就連商品化對我而言，也只不過是過程而已。在這之前絕對不能失敗！」

「赤坂……」
「況且，讓我認真起來的明明就是神田你吧！」
「……」
空太感受到龍之介強烈的情感，身體變得緊繃。
「去年因為製作『喵波隆』，讓我又想起了已經遺忘的心情……我明明已經下定決心不再參與團隊製作了。」
「你……」
「是誰要我一起製作遊戲的！」
「……」
「讓已經放棄團隊製作的我再度燃起夢想的人，明明就是你啊，神田！」
「什麼啊，這……什麼跟什麼啊。」
空太緊咬著牙，否則眼裡好像就會有什麼要滴落了。
「我好高興……」
「啥？」
龍之介露出傻眼的表情。
「也許我並沒能真正地信任你，我一直在內心某處想著，赤坂自己就能完成作業，根本沒道理跟我一起製作。」

「……」

「所以，你是這麼……真心地想跟我在未來也一起製作遊戲……跟我一樣的心情……讓我覺得高興得不得了。」

話才說到一半，眼淚已經奪眶而出，想停也停不下來。

「笨蛋，哪有人會為了這個哭？」

龍之介說完把臉別開。

「可是你的眼角看起來好像也淌著眼淚喔。」

後來也追上來的麗塔壞心眼地提醒。

「只是光線的關係。」

龍之介為了掩飾，若無其事地擦了眼角。

「赤坂。」

「幹嘛？」

空太默默伸出手。

「這手是幹嘛用的？」

「握手。」

「莫名其妙。」

「和好的證明。」

「你是笨蛋啊。」

「……為什麼要在這時候潑我冷水？」

「仔細想過再行動吧。你欠缺思慮。關於找音效人員的意見分歧，現在這問題也還存在喔。也就是說，什麼都還沒解決。」

「在這種情況下還能這麼說的你，實在是很強啊。」

感覺掃興的空太視野當中，看見龍之介正不以為意地往音樂廳的方向走過去。音樂廳已經近在咫尺。

「等一下！你真的打算去拜託姬宮學姊嗎？」

「除此之外還有其他辦法嗎？鳥窩頭現在可還關在房裡足不出戶喔。」

「這個……」

就在空太欲言又止的同時，遠處傳來令人懷念的聲音。

「等一下啦～～！」

兩人感到吃驚，將視線轉向正門。從林蔭道中央急忙跑過來的人，竟然是應該還關在房裡的伊織。大概是因為運動不足，腳程依然龜速，遲遲無法拉近距離。從後方跟上來的栞奈無奈地推

著伊織的背。

終於，伊織氣喘吁吁地來到空太等人面前。

「這、這個！」

伊織遞出隨身音樂播放器。

空太、龍之介與麗塔三人露出不解的表情。

「是、是曲子……」

伊織還沒能調整好呼吸，因此沒再繼續說明下去。

「他關在房裡的這段時間，好像一直在作曲。」

栞奈代替他回答。

「是向DRAGON學長看齊的藺居太作戰！」

伊織終於抬起頭來。

「你的手臂無所謂了嗎？」

還以為他是因為完全沒辦法彈鋼琴了才感到沮喪……但他的表情卻絲毫沒有陰鬱的氣息。

「哎呀～知道手指完全沒辦法動的時候，確實是有感到焦躁啦～～」

不知道哪裡有趣，伊織臉上帶著笑容。

「不過，你為什麼會跑來這裡？」

大概是還搞不清楚，麗塔又提出了其他問題。

「是絕壁女告訴我的。聽到她說『你好像要被開除了喔』，我嚇了一大跳。請饒了我吧。」

栞奈面無表情地看著這幅場景。

「這樣未免太過分了吧！竟然沒跟我商量就要把我開除！」

龍之介從空太手上搶下音樂播放器，接上手邊帶著的筆電，提高喇叭音量後播放曲子。

檔案的數量很多，列了許多原本已完成樂曲的各種編曲版本，還有四首新曲。不管是其中哪一首，感覺都比至今所創作的曲子有更高的完成度。

「怎麼樣？」

大致聽過一遍後，伊織戰戰兢兢地問道。

「我覺得很棒。」

「我也有同感。」

這時，所有人的視線集中在龍之介身上。

一陣緊張的氣氛。

「沒什麼好說的。」

「咦？不行嗎？怎麼可能！」

伊織張著嘴僵住，魂都飛走了。

「龍之介，這種時候請不要開玩笑了。」

空太、麗塔，還有栞奈的視線全都要求龍之介說明。

「在團隊製作上，不吭聲地默默創作並不值得稱讚。遊戲要靠每個人分工合作來完成。」

說出口的話是與音樂品質無關的內容。

「如果你持續在作曲就該先報告。因為這樣，害我跟神田浪費了許多時間。」

「對、對不起……」

被龍之介教訓，伊織戒慎恐懼，聲音也無精打采。

「不過，曲子的品質無可挑剔。」

「咦？」

原本低著頭的伊織猛然抬起臉來。

「真的嗎！」

「我可不會說第二次。」

「咦～～！早知道就先錄音了……空太學長，我第一次被DRAGON學長稱讚耶。」

伊織很開心地報告。以狗來比喻的話，大概就是搖著尾巴團團轉吧。

「我沒有稱讚你，而且我還在生氣。」

喜孜孜的伊織已經聽不進這些話。

「欸，伊織。」

「什麼事？」

「彈琴的事你打算怎麼辦？」

也該是弄清楚的時候了。

現場再度圍繞緊繃的氣氛。

「我想先不彈琴了。」

伊織如此回答，而且口氣還淡然得教人吃驚。

「等、等一下，伊織！你要想清楚。」

空太反而動搖得比較厲害。

「我已經想過了！我從以前就發現了，就算繼續彈琴也沒有未來。」

「你倒是很快就死心了嘛。」

麗塔的眼神有些嚴厲。

「不，不是那樣的，我不是放棄的意思。雖然我只有鋼琴跟音樂，但就算我繼續彈琴也沒有未來的目標。」

伊織一臉呆呆的表情，仰望秋季的天空。

「我並不是想成為鋼琴家……之前空太學長對我說過吧？要我好好思考自己想怎麼做。」

「嗯？是啊，我是這麼說過。」

「手骨折以後我想了很多，因為住院超閒的……於是我明白了我喜歡音樂這件事。感覺鋼琴是與音樂連結的手段，而不是目的。我心想將來要是能從事跟音樂相關的工作就太好了。雖然我那時還不知道會是什麼，不過後來空太學長來找我，我就覺得作曲也很不錯。遊戲製作的話就更棒了！有繪圖又能讓它動作，可以在一旁看著作品逐漸完成真的是太棒了！」

「這樣啊。」

「只不過，要是就這樣不彈琴好像很窩囊，而且也很不甘心，所以我打算在水高畢業前再次挑戰比賽，得獎以後才不彈琴。」

伊織露出爽朗的表情。他真的很堅強，能自己開創道路。而且，空太確信這是鋼琴讓伊織學會的堅強。

「因此，再次請各位多多指教！」

空太緊握伊織伸出的手，硬抓住龍之介的手疊了上來。不過當麗塔要伸手過來時，龍之介便慌忙把手抽回去。

「這真的很讓人受傷。」

麗塔鬧彆扭地說著。

「妳才不是會因為這點小事就受傷的女人。」

「啊，慘了，姊姊的演奏要開始了！」

伊織不理會對峙的龍之介與麗塔，移動前往音樂廳。現在已經接近開演時間十一點半了。

不過，他中途又停下腳步，呼喚栞奈：

「喂～～動作快一點啦。」

是事先約好了嗎？

「為什麼我一定要去？」

似乎不是這樣。栞奈也跟空太一樣露出疑惑的表情。

「我要介紹姊姊給妳認識啊。」

「為什麼非得跟我介紹你姊姊啊？」

「因為空太學長他們都認識了，只有妳不認識的話未免也太可憐了。」

好像有道理又似乎沒道理的怪理由。

雖然栞奈歪著頭感到不解，結果還是跟上了伊織的腳步，一起到音樂廳去。

剩下空太、龍之介與麗塔三人。

「話說回來，留學女。」

「什麼事？」

「妳沒對那兩個人多嘴說什麼吧？」

「你是指駒澤拓實跟池尻麻耶嗎？」

「不必記得他們的名字。到底怎麼樣？」

「為什麼不問空太？」

兩人繼續你來我往的質問。

「因為在那種情況下，還可以神經那麼大條得不管當場氣氛提出反駁的人，只有妳而已。」

龍之介毫不客氣地攻擊。

「看來龍之介已經相當了解我的內心了耶。」

麗塔也給予銳利的反擊。

「而且，看妳的臉就一目了然。」

「我的臉嗎？」

「去照個鏡子吧。」

這時，麗塔似乎才注意到。她伸手撫摸被麻耶打的左臉頰，現在還有些泛紅。

「所以，妳對他們說了什麼？」

「『請不要把我們跟妳混為一談。』」

「還有呢？」

龍之介的眉頭抽動了一下。

「『結果，只是妳跟不上龍之介的實力吧？』」

「……」

「『只是妳無法回應龍之介的期待吧？』」

「……」

「『把自己的軟弱推說是別人害的，是很輕鬆的事嘛。』」

「夠了。」

「這樣嗎？我還說了其他更過分的話耶。」

不同於說話的語氣，麗塔微微垂下視線。

「……讓妳扮演了不討喜的角色啊。」

「我應該徹底被那個女孩子討厭了吧。」

麗塔露出苦笑。

「我想也是。」

「所以，請龍之介你去向他們道歉。」

抬起頭的麗塔表情已經不再憂鬱，綻放著溫柔的笑容。

「他們應該還在劇場裡吧？」

如果要從正門回去，應該會經過這片林蔭道。

「……」

「我認為你應該跟他們好好說出你的真心話。」

龍之介稍微思考了一下，老實地點點頭說：

「……說的也是。」

「說完以後，請你再回來我這裡。」

麗塔用演戲般的口吻補充。

「我在這裡等你。」

「為什麼我得答應妳這種事？」

「我可是為了你，扮演了非常討人厭的角色喔。」

「妳本來就是討人厭的女人。」

「我這麼一點任性的要求應該不算什麼吧。」

「……好吧。」

大概是認輸了，龍之介不情願地答應。接著，他深呼吸之後便朝著駒澤拓實與池尻麻耶的方向跑了過去，為了與拙稚的過去訣別。

「龍之介！」

麗塔對著逐漸遠去的背影大喊。

龍之介在距離約二十公尺的地方轉過頭來。

兩人在林蔭道中央對望。

「我趕時間。快點簡單扼要說完。」

「我最喜歡龍之介了！」

突如其來的告白。

「什麼！」

驚呼出聲的人，是在一旁看著的空太。

就連龍之介也變得驚慌失措。

「回來之後，請告訴我你的回應！」

龍之介什麼也沒說，也沒點頭，只是露出大膽的笑容，看來似乎也不是完全不願意，接著便跑去見國中時期的朋友。

「話說回來，空太。」

「嗯？」

「你不是跟真白有約嗎？」

空太看了錶。再過五分鐘就中午了。

「完了！」

約定的時間是十二點。

「抱歉，我先走了！」

空太也慌張地跑走了。

4

空太全力衝刺從水明藝術大學跑向櫻花莊。

到的時候已經十二點七分。遲到了七分鐘。

「真白！」

空太呼喚她的名字，猛烈打開玄關的門。門也沒關便急忙脫掉鞋子，跑向二樓。

這時，背後傳來巨大的聲響。

空太乍然停下腳步。

可能是貓，也或許不是。也許是真白——空太這麼想著，來到了聲音來源１０１號室前。

他站在房門外，房裡有人的動靜。確實有人在裡面。

「真白嗎？」

空太一邊確認一邊打開房門。

視野當中映著自己住慣的這個房間。然而——

「啥?咦!」

空太嘴裡卻發出錯愕的聲音。

衣服、毛巾、內衣褲、漫畫與雜誌，還有印了遊戲資料的A4列印紙散落一地，連站的地方都沒有，就像某人的房間一樣。

而且就在亂七八糟的空太房間正中央，還有一名正把衣服丟得到處都是的可愛怪獸。是真白。她身穿之前約會時所買的洋裝。那是空太忍著難為情為她挑選的。外面還披了一件罩衫，看來是稍微打扮過的模樣。不過，現在可不是看得出神的時候。

「等一下!妳在幹嘛!」

空太大喊，真白便以銳利的目光瞪了過來。

「欲求不滿。」

「是煩躁不耐吧!」

「……」

「啊~~妳到底在搞什麼啊?整理起來很麻煩耶……」

總之，空太先一邊回收遊戲資料一邊走進房間。

「都是空太的錯。」

「那個，對於遲到我感到很抱歉，真的很對不起。因為跟赤坂起了爭執。」

「空太覺得龍之介比較重要吧。」

「為什麼會變成這樣？」

「……」

看似不滿的真白不發一語地亂扔空太的衣服。

「哇～～！我都說對不起了啦！」

「空太什麼都不懂。」

「我不是為了遲到向妳道歉了嗎？」

「那根本就不重要。」

「咦？不重要嗎！」

「我搞不懂空太。」

完全搞不懂是怎樣。

「呃，給我等一下，那是我要說的台詞。」

「你不喜歡我了吧。」

「我喜歡妳。我最喜歡妳了。」

這到底是什麼羞恥遊戲啊……

「騙人。」

鬧彆扭的真白把臉撇開。

「我說真的啦。」

「可是，那天都沒對我做什麼。」

真白就像要性子的小孩一般噘起嘴。

「那天？」

她到底在說什麼？

「去海邊的那天……」

「……」

發生了什麼事嗎？

「那天晚上。」

「噗！」

空太忍不住噴出來。

「明明只剩兩個人獨處。」

「什麼！妳！妳、妳到底在說什麼啊！」

「我還穿了決勝內褲。」

真白似乎越來越不高興。

「約會的時候我也都有穿。」

「我、我說妳喔。」

空太現在才發現，每次約會完回家途中……真白為什麼都會對自己投以別有深意的視線……

「我現在也穿著。」

真白凝視著空太。

「空太。」

「幹、幹嘛？」

「我有扮演好女朋友的角色嗎？」

「……」

一直以來，空太總覺得透過每週的約會逐漸加深兩人的關係就好了。

「就算在一起，我也不懂空太。」

不過，原來光是這樣是不行的。

「空太不想碰我嗎？」

所謂的重視，並不只是為了避免傷害她而小心翼翼地對待……也不是擔心會傷害她就什麼也不做……

「我當然想碰妳啊。」

「是這樣嗎？」

有時也需要大步進攻，也有這樣表現喜歡的方式。因為如果只是維持與以往相同的日子，就沒有成為男女朋友的必要了。

「我一直想碰妳，也想親妳，不過我也不懂真白的想法……」

「……我不知道所謂的男女朋友應該做些什麼。」

「我也是第一次跟女孩子交往。所以對我而言，也都是一些搞不懂的事。」

「空太也是？」

「嗯，畢竟不像打掃、洗衣、做菜之類的，可以幫妳做就好了。約會結束時，妳光是告訴我『沒事』，就算我想做些什麼，我也不知道自己該怎麼做。」

「……」

「所以，呃……我會努力確實將自己的心情告訴真白，希望真白也能稍微跟我一起努力。」

「……」

「啊，呃，說努力好像也不太對。」

空太說完覺得有些怪怪的，便如此補充。

「沒關係，我會努力的。」

「咦？」

「『努力』就好了。終於可以跟空太一起加油了。」

真白溫柔地笑了。她將雙手疊在胸前，露出打從心底覺得高興的笑容。

空太忍不住心跳加速。

「不、不管什麼事都一樣，時機也很重要啦！時機！」

真白默默聽完這些像在辯解的話，只是不發一語地凝視空太。

空太的意識被這雙美麗的眼眸吸引進去。

「……」

「……」

兩人之間陷入沉默，微熱的視線交纏。

不管做什麼事，時機最重要。

那麼，現在這一刻呢？

抬頭看著空太的真白緩緩閉上雙眼，睫毛微微顫動。

事到如今，空太也不會不明白那是什麼意思。當下的氣氛讓他深刻地懂了。

現在正是那個時機。

他將手輕放在真白的肩上，真白輕輕顫抖。空太毫不畏懼地微彎下腰，吻了真白的唇，就這樣與真白倒在滿是衣服堆的床上。

躺著的真白以濕潤的眼眸凝視著空太。彼此的心臟幾乎同樣劇烈狂跳著。

真白美麗、可愛又惹人憐愛。正因如此，空太想用自己的雙手擁抱她。

「真白……」

「……嗯。」

真白伸出雙手，環抱空太頸後。

再次親吻。就在這時，玄關的方向傳來了聲音。

「！」

驚嚇得身體抖了一下。

有人回來了。

腳步聲逐漸逼近房間。

「你聽我說啊，空太！」

麗塔就站在敞開的房門外。空太現在也還與真白在床上相擁。

「看來你們正在忙啊。我晚點再過來。」

「啊～～等一下！不用晚點再過來啦！」

空太從床上彈起來，也把真白拉起來，讓她坐在床上。

晚了麗塔幾步，龍之介也來到房門前。

表情一掃陰霾，看來已經與拓實和麻耶好好談了一番。

「對、對了，那個呢？」

空太以變調的聲音努力把話題扯到麗塔與龍之介身上，想瞞混過去。「那個」指的當然是麗塔的告白。

「請你聽我說，空太！」

走進房裡的麗塔看來非常生氣。

「龍之介竟然說『我討厭女人』，然後就把我給甩了耶。你能相信嗎？」

「是這樣嗎？」

空太問了另一位當事者。

龍之介一如往常泰然自若，肯定地點點頭。

「你不覺得一般在那種情況下告白，應該會得到同意的回覆嗎？」

看來麗塔完全無法接受。

「嗯，確實是這樣……」

那一瞬間，麗塔與龍之介處於絕佳的氣氛，就連空太也覺得這下子說不定會成功……

「我不會被當下牽著鼻子走，總是留意著要冷靜做出判斷。」

「不過，你不是跟那個叫池尻麻耶的女孩子和好，就能克服討厭女人的習性了嗎？」

「我討厭女人跟她沒有關係。」

龍之介如此說完，便走回１０２號室進行程式作業。原本還一直以為麻耶就是原因，看來並非如此……

麗塔連忙追上去。

「請等一下，龍之介！」

不過麗塔又立刻折回來，在房門前探出頭。

「打擾了。請兩位慢慢來。」

說完帶上空太的房門。

「……」

「……」

在一陣沉默之中，真白若無其事地整理好因為剛才的行為而變亂的服裝。

「呃，真白小姐？」

「什麼？」

「接下來呢？」

「不行。」

「算我拜託妳……」

開關已經完全啟動，這時候才被打斷的話實在讓人難耐，不死也只剩半條命。

「今天不行了。」

真白難為情地別開視線。

「為什麼？」

「錯過時機了。」

「呃啊！」

空太發出失望的聲音。

「空太好色。」

「點燃我心火的人，明明就是真白妳！」

空太吶喊出懇切的內心話，真白則很開心似的看著他。今天實在沒辦法就這樣善罷甘休。

「好，真白。我們去約會吧。」

這麼一來，只能從頭營造氣氛了。

空太如此下定決心。比這天的預定行程稍晚一些，兩人出門約會去了。

幾天後，櫻花莊會議紀錄上如此寫道。

——該來煮紅豆飯了！書記・三鷹美咲

後記

好久不見。

在下是鴨志田一。

現在正在專心創作完結篇第十集。

回想起來，從第一集開始至今已經過了整整三年以上。

由於架構故事情節及與責任編輯的討論是在更早以前就開始了，所以個人與《櫻花莊》的交往大概已經有四年的時間了。

這是一段漫長的歲月。雖然常聽到「轉眼間」的說法……不過還是很漫長，有種終於到了只剩一步的階段這樣的感覺。

這段期間發生了許多事。雖然想不出有特別哪一段，不過一定發生過很多事。大概吧……

當然，我還記得《櫻花莊》出了廣播劇CD、改編成漫畫及動畫，還出了電玩遊戲軟體。這點請不用擔心。

收到了許多來信——這件事我也還記憶猶新。感謝大家溫暖的話語，個人受到莫大的鼓勵，謹藉這個機會衷心致上謝意。

不管怎樣，只剩下最後一集。《櫻花莊》本篇故事將在第十集結束。希望有幸承蒙各位讀者陪伴到最後。

負責插畫的溝口ケージ老師，還有荒木責編，直到最後一刻尚祈不吝指教。

謹此，相信最後一集還能與各位見面。

鴨志田一

Ore no nounai sentakushi ga
Gakuen Love-comedy wo
Zenryoku de Jama shiteiru
我的腦內戀礙選項
春日部タケル
插畫／ユキヲ
5
five
Kadokawa Fantastic Novels

Kadokawa Light Novels

小惡魔緹莉與救世主!? 1~3 待續

Kadokawa Fantastic Novels

作者：衣笠彰梧　插畫：トモセシュンサク

不良少年×惡魔美眉×天使美少女
有點色色的同居愛情喜劇！

風波不斷的暑假已經告結，第二學期正式開始。此時班上來了一位轉學生——神樂坂久遠。雖然她平時乖巧有禮，但不時露出的冷漠視線卻令人起疑，她到底是何方神聖呢？另一方面，惡魔福瓊竟假扮成保健老師潛入學校……!?

台灣角川

各 NT$180/HK$50

國家圖書館出版品預行編目資料

櫻花莊的寵物女孩 / 鴨志田一作 ; 一二三譯. -- 初版.
-- 臺北市 : 臺灣角川 , 2014.02-
冊 ; 公分

譯自 : さくら荘のペットな彼女
ISBN 978-986-325-787-5(第 9 冊 : 平裝)

861.57 102026276

Kadokawa
Fantastic
Novels

櫻花莊的寵物女孩 9

（原著名：さくら荘のペットな彼女 9）

2014年2月4日 初版第1刷發行
2023年9月13日 初版第12刷發行

作　　者：鴨志田一
插　　畫：溝口ケージ
日版設計：T
譯　　者：一二三

發 行 人：岩崎剛人
總 編 輯：蔡佩芬
編　　輯：孫千棻
美術設計：吳佳昫
印　　務：李明修（主任）、張加恩（主任）、張凱棋
發 行 所：台灣角川股份有限公司
地　　址：104台北市中山區松江路223號3樓
電　　話：（02）2515-3000
傳　　真：（02）2515-0033
網　　址：www.kadokawa.com.tw
劃撥帳戶：台灣角川股份有限公司
劃撥帳號：19487412
法律顧問：有澤法律事務所
製　　版：巨茂科技印刷有限公司
ISBN：978-986-325-787-5